KB114568

용병들의 대지 9

이모탈 퓨전 판타지 소설

초판 1쇄 찍은 날 § 2017년 2월 21일
초판 1쇄 펴낸 날 § 2017년 2월 28일

지은이 § 이모탈
펴낸이 § 서경석

편집책임 § 배경근

펴낸곳 § 도서출판 청어람
등록번호 § 제387-1999-000006호
등록일자 § 1999. 5. 31
어람번호 § 제1-2638호

주소 § 경기도 부천시 부일로 483번길 40 서경B/D 3F (우) 14640
전화 § 032-656-4452 팩스 § 032-656-4453
http://www.chungeoram.com
E-mail § chungeorambook@daum.net

ISBN 979-11-04-91218-4 04810
ISBN 979-11-04-90905-4 (세트)

이모탈 퓨전 판타지 소설
FUSION FANTASTIC STORY

용병들의 대지

Road of
Mercenaries

9

도서출판 청어람

용병들의 대지
Road of Mercenaries

C O N T E N T S

CHAPTER 1

나, 용병왕 Ⅰ

"야, 이 새끼들아! 뭐 해? 돌격해! 돌격하란 말이다!"

"씨발! 물러서면 돈 없다!"

"으아아아! 뒈져! 뒈지라고!"

"살려줘! 살려줘!"

"크아아악!"

비명 소리와 고함 소리가 여기저기서 들려오고 있었다.

"몬스터가……"

"너무 많습니다!"

"더 투입해!"

"이러다 전멸할 수 있습니다!"

"투입하라면 투입해!"

"만인대장님!"

"씨발, 이 상황에서 물러나면?"

"그래도……."

망설이면서 주저하는 작전 참모를 보면서 용병 제1 만인대장 바이탈 크랙은 성난 눈으로 그를 쏘아보며 말했다.

"물러나면 우린 죽어."

제1 만인대장의 말에 참모들의 얼굴이 굳었다. 물러나면 죽는다는 말. 그것은 후방의 안위 때문에 한 말이 아니었다. 어차피 자신들은 그저 용병일 뿐이다. 화살받이 용병 말이다. 그런 자신들이 후방을 근심할 이유는 없었다.

그저 하라는 대로 하면 그뿐이다. 그리고 살아남아서 돈을 받고 죽은 시체를 뒤져서 돈이나 무기 등 쓸 만한 것들을 챙기면 그뿐이다. 어차피 막장인 인생이다. 그래서 저 의연한 말의 진의를 모를 리 없었다.

제1 만인대장의 말은 여기서 물러나면 자신들의 효용성이 없어진다는 것을 의미했다. 이미 이곳에 배치되기 전에 그들은 제1 만인대장이 전한 말을 들을 수 있었다. 귀족의 자리가 조건으로 걸렸다는 것이다.

물론 그 귀족의 자리가 비단 제1 만인대장에게만 국한된 것은 아니었다. 만약 제1 만인대장 홀로 귀족의 자리를 다짐 받았다면 참모들과 그를 따르는 이들은 결코 그를 따르지 않았을 것이다.

참모들도 귀족의 자리를 약속받았고, 그렇지 못한 자들은 기사, 혹은 준남작의 자리를 약속받았다. 그러니 물러나면 안 되었다. 아니, 여기 있는 용병을 다 죽이는 한이 있더라도 절대 물러나서는 안 되는 것이었다.

"아직도 모르겠냐?"

"알고… 있습니다."

"그럼 알고 있는 대로 해."

"하지만 그렇게 되면……"

"용병들은 다시 모으면 된다."

"쉽지 않을 겁니다."

"쉽지 않겠지. 하지만 어려운 것도 아니야. 돈이면 다시 모이게 되어 있어. 그리고 여기는 군대야. 용병대나 용병단이 아니란 말이지. 명령에 죽고 명령에 사는 군대란 말이지. 내가 실패했다고 해서 그게 내 탓이 될까?"

"그건……"

"저 새끼들이 다 죽어도 사람들은 우릴 욕하지 못해."

"……"

그에 작전 참모는 입을 닫았다.

맞는 말이다.

죽음으로써 밀려드는 몬스터들에게 맞서 싸웠다.

그 단순한 이유 하나만으로 죽은 자들은 존경받을 것이 분명했다. 왜냐고? 사람들은 진실을 알지 못하니까. 용병 만인대 지휘부의 탐욕 때문에 그들이 어쩔 수 없이 몬스터들을 막아섰다는 것과 용병 만인대의 지휘부와 동부군 사령부와의 모종의 뒷거래가 있었다는 것도 모를 테니까.

그냥 자신들은 최후의 순간까지 악다구니를 쓰며 목이 터져라 외치다 적당한 때 뒤로 빠지면 그만이었다. 물론 의심하는 자들도 있을 것이다. 하지만 욕은 잠시만 먹으면 금방 가라앉게 된다. 진실을 알지 못하는 이들은 결국 자신들의 용감한 행동을 찬양할 것이다.

그리고 용병들은 다시 모여들 테고, 그즈음 자신들은 도의적인 책임을 지고 일선에서 물러나면 모든 것은 간단하게 정리된다. 세상은 자신들을 목숨을 걸고 몬스터를 막아선 용감한 용병으로 칭송할 것이다.

하지만 그렇다고 해서 이들이 전혀 양심의 가책을 느끼지 않는 것은 아니었다. 자신들의 욕심을 위해서 수만에 이르는 용병을 몬스터들이 달려오는 곳으로 밀어 넣기는 했지만 정말 손톱만큼은 후방을 걱정하기도 했다.

후방에는 자신들의 가족도 살고 있었다. 그리고 이들은 정말 설마하고 있었다. 아무리 대단한 몬스터 웨이브라고 해도 결국 막아낼 것이다. 지금까지 그래왔으니까. 전멸하지는 않을 것이다.

아무리 화살받이, 혹은 시간 끌기 용의 용병 만인대라고 하지만 그래도 용병 만인대가 뚫리면 이곳 전선이 무너진다는 것을 모를 리 없는 귀족들이다. 총 3선까지 있는 방어지대.

그중 1선은 몬스터의 전력과 수를 파악하는 데 중점을 두고, 2선에서부터 본격적으로 전투가 이뤄지게 된다. 몬스터 웨이브가 약하다면 1선에서 모든 것이 해결되겠지만 그렇지 않다면 2선까지 물러나는 것이 일반적인 관점의 작전이다.

수가 좀 많은 것이 마음에 걸리기는 했지만 귀족이나 용병이나 여전히 평상시의 몬스터 웨이브와 그리 다르지 않다고 여기고 있었다. 그런데 막상 달려드는 몬스터를 보니 생각이 달라졌다.

그래서 지휘부 용병들의 얼굴이 딱딱하게 굳어질 수밖에 없었다. 그것은 제1 만인대장 역시 마찬가지였다.

'씨발…….'

속으로 나직하게 육두문자를 읊조릴 수밖에 없었다. 1선을 무너뜨린 지 얼마나 됐다고 거침없이 파도처럼 밀려오는 몬스터들이다. 그것도 평소처럼 마구잡이가 아니었다. 그냥 척 보기에도 어떤 작전을 구사하는 것이 확연하게 보일 정도였다.

"우측에 병력 투입해!"

"알… 겠습니다."

결국 따를 수밖에 없었다. 지금으로썬 그것이 최선이었다. 그러면서 정보 참모는 은밀하게 퇴로를 확보하기 시작했다. 그래서 현재 제1 만인대장 주변에 항상 인의 장막을 치고 있던 호위대의 층이 조금은 얇아진 느낌이 들었다.

"크와아앙!"

제1 만인대장의 명을 따라 병력을 움직이던 마우저 작전 참모는 들려오는 위협적인 소리에 눈살을 찌푸리며 소리가 들려오는 곳으로 고개를 돌렸다. 거대한 체구에 육상의 포식자라 일컬어지는 오거가 있는 곳이었다.

거대한 곤봉이 휘둘러질 때마다 여러 명의 용병이 허공에 떠오르며 피떡이 되어 사라지고 있었다. 그런 오거가 한 마리만 있는 것이 아니었다. 수십, 아니, 수백이었다.

'왜 오거가……'

그리고 그 오거를 움직이는 것은 트윈 헤드 오거가 아닌 오거와 맞먹는 체구를 가진 회색 가죽을 가진 오크였다. 어떻게 보면 오거보다 더 커보였다. 멀리 있는 이곳에서조차 확연하게 구분될 정도의 체구임에는 분명했다.

그리고 그 회색 오크에 의해 일단의 몬스터들이 조직적으로 움직이고 있었다. 마치 인간의 군사 체계를 가진 것처럼 움직이고 있었다. 난전을 유도하는 용병들의 움직임에도 불구하고 제대로 난전이 유도되지 않는 이유가 바로 거기에 있었다.

그렇기 때문에 지금 용병 만인대는 밀리고 있었다. 연합한 다른 용병 만인대 역시 마찬가지였다. 그들은 눈에 띄게 당황하고 있었다. 덕분에 몬스터들은 평소보다 수월하게 전선을 밀고 내려오고 있었다.

'씨발, 어떻게든 되겠지. 적당히 하고 빠져야지, 원.'

결국 포기할 수밖에 없었다. 죽어가는 용병들이 눈에 밟히기는 했지만 원래 전쟁 용병이라는 것이 늘 죽음과 함께하는 직업이다 보니 이내 덤덤해졌다. 다만 조금 미안하기는 했지만 그래도 자신이 죽는 것보다는 백번 나은 상황이지 않은가?

"병력 배치했습니다."

"좋아, 그럼 슬슬 후퇴 준비를 한다."

"…저대로 두고 말입니까?"

"언제 저 새끼들이 우리 말 들었냐?"

"그래도……."

"그래도는 무슨 그래도. 저기 안 보여? 저놈들을 빼냈다가는 전선이 무너질 거야."

"물론 그렇습니다만……."

"그리고 언제나 그렇듯 살 놈은 다 살아."

"그야 뭐……."

말을 흐릴 수밖에 없었다.

사실 만인대장의 말이 맞았기 때문이다. 그러면서 슬쩍 전장을 한 번 살피고 눈에 마나를 흘려 안력을 돋우자 보이지 않는 곳까지 볼 수 있었다.

'위험한데……'

위험했다.

그래서 만인대장이 후퇴를 서두르는 것일 수도 있었다.

'될 대로 되라지. 살아남겠지, 뭐.'

그리고 이내 포기했다. 그게 용병이니까. 그들이 그렇게 후퇴를 준비하고 서서히 물러나기 시작하는 그 순간에도 용병들은 몬스터들과 처절하게 싸우고 있었다.

"씨발! 이게 몬스터라고?"

"소리 지를 시간 있으면 한 마리라도 더 죽여!"

퍼걱!

그러면서 다가오는 몬스터의 머리를 헤비해머로 쪼개 버리는 용병. 진득한 검녹색의 핏물이 소리를 지른 용병의 얼굴에 쏟아졌다. 용병은 손으로 얼굴을 빠르게 닦아낸 후 자신을 도와준 용병을 바라봤다.

"헛! 천인대장님!"

"씨발! 아직 말할 기운이 있나 보지?"

"아니, 그……"

"싸워, 이 새끼야!"

천인대장의 외침에 용병은 즉각 움직였다. 용병이 아무리 자유로운 분위기라고는 하지만 이런 전투 상황에서 상급자의 명령은 곧 해결해야 할 지상 과제와도 같았다. 강자의 말을 잘 듣고 따라야만 살아날 확률이 높았다.

천인대장의 말에 따라 다시 배틀 해머를 휘두르는 용병. 천인대장이 앞에 나서서 싸우니 용병들은 없던 힘도 다시 생기는 것 같은 느낌이 들 것임에 분명했다. 천인대장쯤 되면 뒤에서 구경만 하다 결정적인 상황에 후퇴하기를 반복하는 놈들이 대부분이니까.

"크워어엉!"

미노타우르스가 울부짖었다.

평소에는 오거보다 더 보기 힘들다는 몬스터. 6미터에 달하는 거대한 체구에 보기에도 섬뜩하고 거대한 배틀엑스, 그리고 콧김을 내뿜으며 돌진해 오는 미노타우르스. 그런 미노타우르스가 어째서 오거에게 지상의 제왕이라는 명칭을 내줬는지 이해가 안 갈 정도로 지금 상황에서는 일반 용병들이 감당할 수 없는 폭군임이 분명했다.

"미친!"

용병들은 암담한 목소리로 외칠 뿐이었다. 그러면서 흘깃거리며 뒤를 바라봤다. 앞에는 몬스터이고 뒤에는 용병들이 있었다. 물러나기도 쉽지 않은 상황에서 몇 마리의 미노타우르스가 거대한 뿔을 앞세워 미친 듯이 돌진해 오고 있었다.

"크아아악!"

미노타우르스의 뿔에 부딪친 용병이 비명을 지르며 허공으로 떠올랐고, 그런 용병들을 무언가가 날렵하게 떨어져 내리며 갈기갈기 찢어버렸다.

"하피까지……."

지상과 공중, 그리고 지하까지.

"그워어어억!"

땅이 흔들리고 거대한 이빨이 솟아올라 수십의 용병을 집어삼켰다. 눈이 없어 그저 빽빽하게 돋아난 털로 진동을 감지해 먹이를 사냥하는 이블 이터, 그리고 물리 공격이 전혀 먹혀들지 않는 슬라임이나 큐브, 혹은 스콜피온 등.

용병들을 당황케 하는 것은 지상의 몬스터들만이 아니었다. 공중에도 있었고 땅속에도 있었다. 몇 년간 전쟁 용병으로 전방 생활을 한 베테랑 용병들조차 당황할 정도였다. 하지만 그들은 당황만 하고 있지 않았다.

우선 살아야 한다는 강렬한 삶에 대한 의지, 그리고 오랫동안 전쟁 용병으로서 살아오면서 녹아 있는 경험이 제대로 빛을 보기 시작한 것이다. 처음에는 당황하던 그들이 점차 안정적으로 변해가기 시작했고, 조급하고 공포심에 젖어 있던 용병들은 서서히 본래의 모습으로 돌아왔다.

하지만 너무 늦었다.

그들이 안정을 되찾았을 때 제1 만인대는 이미 후퇴를 시작하고 있었기 때문이다.

"저, 저 개새끼들이……."

"씨발, 저런 새끼들을 믿고 지금까지 싸웠다니……."

"우리가 언제 저 새끼들 믿고 싸웠냐?"

"그건 그렇다만 그래도 저 새끼들은 만인대 지휘부잖냐."

"언제부터 만인대였냐? 천인대가 있을 뿐이다."

"그나마 5천인대보다는 낫다."

"그건……."

할 말이 없었다.

이미 5천인대는 전쟁 용병이라면 가장 기피하는 곳이었다. 달리 기피하는 것이 아니라 언제나 가장 선두에 서기 때문에 가장 많은 사상자를 내는 곳이었고, 그럼에도 언제나 불명예를 가진 곳이 바로 5천인대였기 때문이다.

바로 5천인대장의 비리 때문이기도 했고, 그 야비하고 잔인한 성정 때문이기도 했다. 하지만 그 누구도 그를 어쩔 수 없었다. 용병에게는 오로지 실력이 있을 뿐이었다. 그리고 5천인대장은 만인대 지휘부의 몇몇을 제외하고는 가장 오랫동안 전장에서 살아남은 용병이었다.

"귀신은 뭐 하는지 몰라. 그런 새끼 안 데려가고."

"귀신도 그런 새끼는 싫은 게지."

"그런 거냐?"

"그런 거다."

"잡답할 시간 있으면 몬스터 한 마리라도 더 잡아, 이 새끼들아!"

"예에~ 예에~"

건성으로 대답하면서 몬스터를 향해 쇄도하는 두 명의 용병. 그리고 그들의 입에 오른 5천인대는 그야말로 난장판이었다. 아니, 난장판이 아니라 죽음의 천인대로 변해가고 있었다.

"공겨억! 공격해, 이 새끼들아!"

"뒤처지면 뒤진다!"

"우와아아악!"

"개 같은 놈들아!"

별의별 말이 여기저기에서 터져 나왔다. 비명 소리도 있었고, 욕지거리도 있었고, 악다구니도 있었다. 슬슬 눈치를 보며 물러나는 용병들도 있었고, 그런 용병의 등에 칼을 들이미는 용병도 있었다.

"이거… 물러나야겠는데요."

"그래야겠지."

그러면서 전장을 흘깃 바라보는 자.

바로 5천인대장이었다.

그는 결코 이런 곳에서 싸우다 죽을 마음이 없었다. 이제 돈도 어느 정도 모았고 만인대장으로부터 전해 받은 말도 있으니 적당히 뒤로 빠질 생각이다.

"한꺼번에 밀어 넣어."

"그건 좀……."

"어차피 이번으로 끝이야."

"알겠습니다."

5천인대장의 심복이라고 할 수 있는 용병은 토를 달지 않고 바로 5천인대의 총 진군을 명령했다. 수만이 싸우는 와중에 겨우 일천이 조금 넘는 수였지만 어쨌든 그들의 전원 투입에 살짝 전선에 숨통이 트이는 것 같았다.

하지만 그것은 그야말로 순간일 뿐, 이내 다시 몬스터들로 인해 트인 숨통이 더욱 단단하고 조여지고 있었다.

"씨, 씨… 이건 안 돼!"

"크아아악!"

"끄륵!"

몬스터들의 반격이 시작되었다.

물어뜯고, 도끼로 쪼개고, 힘으로 용병들을 찢어버리고, 그 시체로 용병들을 두드려 패며 잔인하고 극악무도한 모습으로 용병들을 공포에 젖어들게 만들었다.

쿠와아앙!

"끄아아악!"

거대한 폭음과 이전과는 비교조차 할 수 없는 커다란 비명소리였다. 수십 명의 용병이 피떡이 되어 사방으로 비산했고, 그 중심에는 회색의 오크가 거대한 다이어 울프를 탄 채 전진하고 있었다.

다이어 울프는 그 날카로운 이빨로 자신의 앞길을 막아서는 용병들을 씹어버렸고, 거대한 앞발로 용병들을 후려쳐 뼈까지 잘근잘근 부러뜨려 버렸다. 그리고 그런 다이어 울프에 올라탄 회색 오크는 커다란 할버드를 마치 가벼운 수수깡 다루듯이 제 마음대로 휘둘러 용병들의 목을 가을철 추수하듯이 잘라 버렸다.

"크하하하하!"

"죽여! 죽여라!"

"인간들을 죽여라!"

"포식이다! 마음껏 먹어라!"

"크아아앙!"

그들은 외쳤다.

분명 그 외침은 인간들의 외침이었다.

모든 용병은 그 잔인한 목소리를 들을 수 있었다.

몬스터가 인간의 언어로 외치고 있었다. 그리고 그 몬스터의 외침에 다른 몬스터들 역시 흥성을 거세게 터뜨리면서 인간들을 주살하고 있었다. 그때 한 용병이 멍하니 그 모습을 보며 나직하게 입을 열었다.

"이건… 못 이겨."

그 용병의 말이 전염되기 시작했다. 그에 5천인대의 용병들은 급격히 전의를 잃어가기 시작했고, 마침내는 슬금슬금 뒤로 물러나는 이들까지 발생했다. 그들에게는 이곳을 지켜야 한다는 책임감이 없었다.

그냥 살아남으면 되었다.

죽은 척을 해서라도 말이다.

그런데 슬쩍 보니 이미 간사한 5천인대장은 어디로 갔는지 보이지 않았다.

'개 같은 놈… 벌써 튀었군.'

보이지 않으면 도망친 것이다.

다른 천인대장과는 전혀 다른 5천인대장의 행보. 물론 몇몇 대단한 천인대장을 제외하고는 대부분의 천인대장들이 그렇지만 그래도 이것은 아니라고 생각했다. 수만, 혹은 수십만이 될지 모를 몬스터를 앞에 두고 있는데.

수많은 용병이 죽어가고 있는데 자신들만 살겠다고 도망치는 용병 천인대장을 어떻게 생각해야 할까? 그리고 자신들이 택할 수 있는 선택의 폭은 그리 넓어 보이지도 않았다.

'싸우다 죽거나, 도망치다 죽거나.'

이러나저러나 죽는 것은 마찬가지일 것 같았다. 평소의 몬스터 웨이브라면 도망치면 살아날 가능성이라도 있었는데 지금은 아니었다. 그냥 죽을 것 같았다. 그 이유는 지상 몬스터만 있는 것이 아니었기 때문이다.

그리고…….

"끄아아악!"

아주 멀리서 아련하게 들려오는 비명 소리가 있었다. 순간 용병들은 멀리서 들려오는 비명 소리를 확인할 수 있었다.

'뒈졌군.'

죽었다.

죽은 자가 누군지 짐작이 갔다.

그리고 현실로 돌아왔다. 이래도 죽고 저래도 죽는다면 한 놈이라도 더 죽이고 죽는 게 낫다. 비록 이름 한 줄 남기지 못할지라도 말이다. 들고 있던 대검을 힘껏 움켜쥐고 몬스터를 향해 달려 나가는 용병.

"어, 으어……."

용병들을 몬스터들에게 미끼로 던지고 몰래 후퇴하던 5천인대장은 지금 말이 아닌 꼴로 엉금엉금 기어서 몬스터로부터 멀어지려고 안간힘을 쓰고 있었다.

하지만…….

뿌드드득!

"꺼으윽!"

뼈가 부러지는 소리와 함께 5천인대장의 목에서 억눌린 비명 소리가 들려왔다. 그리고 그의 신형이 휙 젖혀졌다.

"후억! 후억!"

답답하고 급박한 소리가 들리며 5천인대장의 머리는 어디에서 깨졌는지 피가 줄줄 흐르고 있었고, 그의 전신은 피인지 흙인지 모를 것으로 잔뜩 더럽혀져 있었으며, 방어구와 무기는 제 역할을 못할 정도로 박살이 나 있었다.

"소속은?"

그때 들려오는 나직한 으르렁거림.

5천인대장은 공포에 질린 목소리로 으르렁거리는 주인공을 바라봤다. 오크, 거의 3미터에 달하는 거대한 체구를 자랑하는 오크였다. 그 오크는 거대한 스톤 웜 위에 올라타 있었다.

아그작아그작!

그리고 스톤 웜은 무언가를 열심히 씹고 있었다. 스톤 웜이 씹고 있는 것은 자신의 심복과 자신을 호위하던 호위 용병들이었다.

"제이니스 제국 북부 방면 동부군 용병 제1 만인대 제5 천인대장 대런 마이어."

"흐음? 겨우 천인대장? 쯧!"

혀까지 차는 회색 오크. 무척 마음에 들지 않는다는 투다. 기껏 스톤 웜까지 대동하고 한 놈 잡았다 싶었더니 겨우 천인대장이었다. 그나마도 별 쓸모없는 놈 같았다. 그런 회색 오크의 생각을 읽었음인가?

마이어 5천인대장은 재빠르게 입을 열었다.

"더, 더 많은 저, 정보가 있다."

"더 많은 정보?"

"그, 그렇다."

"그래봐야 천인대장이 알 수 있는 정보라는 것이 한계가 있지."

너무나도 유창한 회색 오크의 말. 하지만 마이어 5천인대장은 그런 것에 신경 쓸 여유가 없었다. 자신의 목숨이 왔다 갔다 하는 상황이다.

'어떻게든 살아남아야 한다.'

인정하기 싫지만 회색 오크는 자신보다 강했다. 아니, 강한 정도가 아니었다. 압도적이라고 해도 과언이 아니었다. 자신이 이곳으로 올 때 적어도 50명의 호위대와 함께 왔는데 그 50명을 스톤 웜과 회색 오크가 채 30분도 안 돼 전멸시켰다.

'그러니까 나보다 강한 자이고, 나는 어떻게든 살아남으면 된다.'

그것이 마이어 5천인대장의 결론이었다. 그리고 마이어 5천인대장의 생각을 읽은 것인지 아닌지 모를 무표정한 얼굴로 팔짱까지 낀 채 그를 내려다보는 회색 오크.

"흐음, 들어보도록 하지."

"사, 살려준다면."

"살려준다."

망설임 없이 답하는 회색 오크. 그에 5천인대장은 슬쩍 입꼬리를 말아 올렸다. 오크들이 몬스터이기는 하지만 간혹 들려오는 소문에 의하면 오크는 약속을 철저하게 지킨다고 했다. 여기서 약속을 지키겠냐고 증명하라고 말한다면 자신은 죽을 가능성이 농후했다.

칼자루는 자신이 쥔 것이 아니라 저 오만한 회색 오크가 쥐고 있었다. 생각을 마친 마이어 5천인대장은 자신이 알고 있는 작전 계획을 술술 불기 시작했다. 그에 회색 오크는 가타부타 말도 없이 그저 듣기만 했다.

그러한 태도는 마이어 5천인대장의 말이 끝났음에도 전혀 변함이 없었다. 말을 끝낸 마이어 5천인대장은 조심스럽게 회색 오크의 안색을 살폈다. 자신의 목숨이 달려 있는 일이다.

"확실히 신빙성이 있긴 하군."

"시, 신빙성이 아니라 사, 사실이다."

"그야 뭐 확인해 보면 알 것이고."

"그, 그럼 이만……."

"가보도록."

선선히 길을 터주는 회색 오크. 그에 주저주저하면서도 조심스럽게 걸음을 옮기는 마이어 5천인대장. 그러다 어느 정도 거리가 되었다 싶으니 빠르게 달려 나가기 시작했다.

하나…….

와드드득!

"커억!"

무언가 자신의 발을 잡아챘고, 자신의 두 다리를 씹어 삼키고 있었다. 그것을 본 마이오 5천인대장은 목청이 터져라 비명을 질렀다.

"끄아아악!"

미친 듯이 소리를 질렀지만 그 누구도 그를 도와줄 사람이 없었다. 그때 모습을 드러낸 것은 예의 회색 오크였다. 그제야 마이어 5천인대장은 자신이 속았다는 것을 알아채고 외쳤다.

"사, 살려준다고……!"

"살려준다고 했지."

"한데 왜?"

"저놈들은 아니니까."

그때 땅속을 뚫고 솟아오르는 물체.

바로 포레스트 스콜피언이었다.

"이, 이……."

얼굴을 부들부들 떠는 마이어 5천인대장. 그런 그를 보며 나직하게 입꼬리를 말아 올리는 회색 오크.

"인간의 말을 믿기에는 너무 당한 게 많아서 말이지."

"이… 꺼억!"

무언가 말을 하려는 마이어 5천인대장의 심장에 무언가 날아와 박혔다. 그는 자신의 심장에 박힌 물건을 멍하니 바라봤다. 검은 강철로 만들어진 잘 다듬어지지도 않은 긴 묵창이었다. 그가 힘없이 고개를 돌렸을 때 또 다른 회색 오크의 모습이 보였다.

한두 명이 아닌 수백, 수천, 아니, 얼마인지 모를 정도였다. 그들은 포레스트 스콜피온이나 스톤 웜을 마치 애완동물처럼 부리고 있었다.

"정보는 고맙다고 해야 하겠지?"

"……"

마이어 5천인대장은 차마 입을 열 수가 없었다. 입을 열기에는 그의 생명력이 급속도로 사라지기 시작해 이미 핏기 하나 없는 시체가 되었기 때문이다.

푸욱!

그때 한 회색 오크가 다가와 묵창을 뽑아 들었다. 그럼에도 불구하고 마이어 5천인대장의 시체에서는 핏물 하나 튀지 않았다. 이미 피가 다 말라 버린 듯했다. 그런 모습을 조용히 지켜보고 있던 회색 오크가 불현듯 눈썹을 꿈틀거렸다.

그러면서 주변을 둘러보다 어느 한 곳에 시선을 둔 채 입을 열었다.

"누구냐?"

"……."

그에 회색 오크들이 곧바로 전투 진형을 갖추기 시작했다. 하지만 아무리 봐도 주변에는 그 누구도 없었다. 그럼에도 불구하고 자신을 이끄는 자가 외치기에 경계했지만 도대체 왜 그런지 영문을 알 수가 없었다.

"나서라!"

다시 우두머리 회색 오크가 외쳤다.

하지만 여전히 조용했다. 우두머리 회색 오크는 자신의 어깨에 걸치고 있던 할버드를 들어 아래로 축 늘어뜨렸다.

그때였다.

저벅저벅!

발걸음 소리가 들려왔다.

우두머리 오크뿐만 아니라 이 숲속을 점령하고 있는 모든 오크에게 들렸다. 발걸음 소리를 듣는 순간 오두머리 회색 오크는 전신의 털이란 털이 모두 빳빳하게 일어서는 것 같은 느낌을 받았다.

아니, 느낌이 아니라 이것은 실제였다. 심장이 오그라드는 것 같은 그런 느낌.

'대… 족장보다?'

순간 대족장이 떠올랐다. 하지만 대족장조차도 이런 기세를 퍼뜨리지는 못했다. 자신만이 아니라 정확하게 자신을 따르는 오백의 기습 공격조 전원이 전해오는 기세를 감당하지 못하고 있었다.

"끄윽!"

그중 실력이 낮은 자는 자신도 모르게 앓는 소리를 냈다. 그만큼 그 기세는 대단했다.

저벅저벅!

발자국 소리가 느릿하게 전해져 왔다. 발자국 소리는 점점 느려졌다. 어떻게 인간이 저렇게 느리게 걸을 수 있을까 하는 생각이 들 정도였다. 그리고 한 명이 모습을 드러냈다. 그리크지 않은 키에 투박하고 거대한 양손대검을 어깨에 걸친 인간.

한 걸음을 내딛자 그가 확대되고 발자국 소리가 들려왔다. 다시 한 걸음을 내디뎠고, 인간의 모습은 급격하게 확대되었다.

'이건……'

우두머리 회색 오크는 그때 깨달았다.

의도적이라는 것을.

그리고 지금 자신들을 향해 느릿하면서도 눈을 속일 정도로 빠르게 다가오고 있는 인간의 실력이 자신들을 완전히 압도하고 있으며 발자국 소리를 의도적으로 흘리고 있다는 것을. 그 이유는 바로…….

'공포심.'

그랬다.

바로 공포심을 유발하고 있었다.

단 한 명이서 말이다.

그는 소리를 질러서 전사들을 깨워야 한다고 생각했다.

그때 그는 눈에서 밝은 빛이 터지는 것을 느꼈다.

'어?'

퍼억!

느릿하게 무언가 우두머리 회색 오크의 미간을 꿰뚫고 머리 뒤로 튀어나왔다. 그리고 핏물인지 뇌수인지 모를 희끄무레한 것이 화살처럼 튀어나왔다. 우두머리 회색 오크는 순간 따끔하다는 생각이 들었다.

'갑자기 힘이 빠지네… 잠도 자고 싶고.'

스르르륵!

쿠우웅!

우두머리 회색 오크의 거체가 느릿하게 스톤 웜의 머리 위에서 떨어져 바닥과 충돌했다.

그리고…….

"끼아아악!"

스톤 웜의 입에서 이루 형언할 수 없는 비명이 울려 퍼졌다.

촤아아악!

검녹색의 스톤 웜의 피가 비처럼 사방으로 퍼졌다.

"끄아아악!"

그리고 비명이 터졌다.

스톤 웜의 피는 강한 산성으로 웬만한 바위쯤은 쉽게 녹여버린다. 회색 오크의 가죽이 질기다고는 해도 바위만큼은 아니고, 미리 준비하고 당한 것도 아닌 부지불식간에 당한 상황이라 스톤 웜의 강한 산성 피에 비명을 지른 것이다.

"주, 죽여!"

"대, 대장님이……!"

죽이라는 자.

지금 이 상황을 이해할 수 없다고 생각하는 자 등 별의별 외침이 터졌다. 그 순간 사내의 투박한 대검과 함께 신형이 움직이기 시작했다. 그 모습은 너무나 느릿했다. 저렇게 움직여서 과연 움직여지기는 할까 하는 생각이 들 정도였다.

하지만,

서걱서걱!

무언가 갉아먹는 듯한 소리가 들려왔다.

'이게 무슨……'

그 순간 갑자기 전신의 힘이 쭉 빠져나가는 듯한 느낌이 들었다. 그리고 허공에서 떨어져 내렸다. 타고 있던 포레스트 스콜피온과 함께 완벽하게 두 동강이 나고 있었다. 비단 한 명에 그친 것은 절대 아니었다.

후두두둑!

마치 비 오는 소리와 같이 떨어져 내리는 검녹색의 핏방울. 비명이 없었기에 오히려 더 공포를 자아냈다. 단 한 수였다. 단 한 수에 전면에 배치되어 있던 회색 오크 다수가 힘 한번 제대로 써보지 못하고 죽음을 맞이했다.

회색 오크들은 그 순간이 마치 꿈결과 같다고 생각했다. 너무 비정상적이고 이해할 수 없었으니까. 인간들은 자신들만 보면 겁에 질려 도망가기 바빴다. 용병이라는 자나 기사, 혹은 병사들 역시 마찬가지였다.

뭉치면 버겁지만 각자 모래알처럼 흩어지면 그야말로 고블린보다 상대하기 쉬운 상대가 바로 인간이었다. 그런데 이건 뭔가? 단 한 명의 인간이었다. 그 인간에 의해 족장이 죽고 부족장, 그리고 여러 전사들이 순식간에 죽어나갔다.

있을 수 없는 일이었다.

현실과 상상의 괴리에서 오는 충격은 심각했다. 그 순간에도 인간이 휘두르는 투박한 대검은 느리게 움직이며 오크 전사들의 목, 혹은 전신을 두 쪽 내고 있었다. 비릿한 핏물이 바닥을 적시고 질척이게 될 쯤에야 회색 오크 전사들은 정신을 차릴 수 있었다.

"크아아아!"

그들은 함성을 질렀다. 단 한 명의 인간 놈에게 자신들이 농락당한 것에 참을 수 없는 분노를 터뜨린 것이다. 그리고 그 분노는 모든 회색 오크들과 몬스터에게 전염되었고, 누군가 무슨 명령을 내릴 필요도 없이 인간 놈을 향해 쇄도해 들어갔다.

하나,

쭈와아악!

마치 천이 찢어지는 듯한 소리와 함께 부챗살 모양으로 무언가 퍼져 나가며 수없이 많은 몬스터와 회색 오크들이 터져 나갔다. 밝게 터지는 빛의 부챗살은 닿는 모든 것을 집어삼켰다.

남는 것은 아무것도 없었다.

"어떻게……."

"이, 이럴 수가……."

회색 오크들은 전율했다. 회색 오크들과 몬스터들의 얼굴에 공포가 떠오르기 시작했고, 공포가 떠오르는 그 순간 그들은 신형을 돌려 사방으로 도망치려 했다. 하나 그것 또한 쉽지 않았다.

"자랑스러운 회색 오크는 결코 적 앞에서 등을 보이지 않는다!"

천둥처럼 들려오는 목소리가 있었으니 회색 오크들이 고개를 들어 앞을 바라보자 일단의 무리가 자신들을 에워싸고 있었다.

회색 오크였다. 수천에 이르는 회색 오크들이 자신들을 포위하고 있었다.

"네, 네놈은……."

분명 회색 오크이거늘 도대체 누구인지 알 수가 없었다. 전해져 오는 기세는 결코 차전사나 그런 존재가 아닌 족장의 반열에, 아니, 그 이상에 오른 자였다.

"나를 모르느냐? 언제 회색 오크의 서열이 이렇게 무너졌는가?"

장대한 체구의 회색 오크가 울부짖었다. 그에 살아남은 무리 중 한 오크가 떨리는 목소리로 외쳤다.

"카툼!"

"그래, 내가 카툼이다. 전대 대족장 카툼이란 말이다."

"비겁한 반역자가 이곳에는 웬일이냐?"

"비겁자? 지금 나에게 비겁자라 했더냐?"

"하면 일족을 버리고 도망친 것이 비겁자가 아니란 말이더냐?"

"오냐, 말 참 잘했다. 한 번 물어보자."

"무엇을 말이냐?"

"전대 대족장이 어떻게 죽었느냐?"

"그건……."

차마 말을 하지 못했다. 여기 있는 대부분의, 아니, 회색 오크 부족 대부분이 알고 있었다. 현재의 대족장이 그를 독살했다. 그럼에도 그들은 현재의 대족장을 받아들였다. 왜냐하면 그렇지 않으면 죽어야 했으니까.

멈칫거리는 회색 오크들을 보며 카툼이 외쳤다.

"누가 비겁자냐? 의가 아님을 알고서도 죽음이 무서워 고개를 숙이고 외면한 너희들이냐, 아니면 복수를 위해 끝까지 항쟁한 나이더냐?"

"……."

말을 하지 못하는 회색 오크들. 카툼은 그들을 쏘아보며 나직하게 입을 열었다.

"전사는 말로 자신을 증명하는 것이 아니라 몸으로 자신을 증명한다. 겁쟁이가 아니고 비겁자가 아니라는 것을 증명해 보여라. 그러면 나 역시 너희들을 인정하겠다."

"흥! 도대체 누가 누구를 증명한단 말인가?"

누군가 외쳤다.

그에 카툼의 시선이 그에게로 향했다.

"너는 가루다의 아들 가루단타로구나."

"부족을 배신한 자의 입에 오르내릴 이름이 아니다."

"부족을 배신했다? 그래, 내가 부족을 배신한 것이 무엇이냐?"

"그것은……."

말을 하려다 멈칫한 가루단타. 그는 무언가 말하려고 했다. 그의 마음속에는 맹렬하게 그가 부족의 배신자라고, 당장이라도 찢어 죽여야 한다고 외치고 있었다. 그런데 정작 왜 그가 배신자이고 찢어 죽여야 할 놈인지 설명할 수 없었다.

분명 그가 묻기 전에는 확신하고 있었다. 금방이라도 대답할 수 있었다. 한데 대체 이것이 무어란 말인가? 말 대신에 그의 가슴속에 끓어오르는 것은 단지 맹렬한 적대감뿐이었다. 분노의 감정이 점점 이성을 짓누르기 시작했다.

"부족을 떠난 것 자체가 배신된 행위이다. 그것은 어떤 말로도 합리화할 수 없다."

"그렇다면 현 대족장의 야욕과 정당하지 못함을 알고도 대항하지 못한 너희들은 뭐냐?"

"감언이설과 되지도 않는 말로 우리를 현혹하지 마라."

"묻는 것이다. 현 대족장은 대체 뭐냐고. 그리고 현 대족장의 비겁함을 알고도 그 힘에 굴복한 너희들은 뭐냐고. 너희들은 회색 오크의 전사들인가, 아니면 비겁한 겁쟁이인가? 누가 비겁자이고 부족을 배신한 것인가를 묻는 것이다.”

“치워라! 혀에 꿀을 바른 놈이로구나! 네놈을 여기서 죽이고야 말겠다!”

“흥! 네놈의 실력으로 말이더냐?”

“꾸어엉! 죽이고야 말겠다!”

앞뒤 가릴 것 없다는 듯 눈이 벌게진 채로 카툼을 향해 돌진해 가는 가루단타. 하지만 애초에 그는 카툼의 상대가 아니었다. 과거에도 그랬지만 이미 어떤 영역을 벗어난 지금의 카툼에게는 더욱더 말이다.

그 모습을 지켜보던 투박한 양손대검의 사내, 즉, 아론이 나직하게 입을 열었다.

“끝났군.”

그랬다.

이미 살아남은 회색 오크들은 끝장난 것이나 다름없었다.

“뭐, 세력을 규합하는 데 출혈이 없을 수 없으니… 그건 그렇고…….”

그러면서 그는 유심히 회색 오크들을 살폈다. 지금 카툼을 향해 부나방처럼 달려드는 회색 오크들. 그들은 눈은 어느새 검붉은 색으로 은은하게 물들어 있었다. 그것은 분명 흑마법에 당한 흔적이었다.

"어쩐지……."

아론은 무언가 짚이는 데가 있다는 듯이 가볍게 혀를 찼다. 그 이유는 알 수 없는 적대감을 너무 적나라하게 드러내는 회색 오크들 때문이었다. 그들에게 카툼은 적이고 절대 용서할 수 없으며 배신자일 뿐이었다.

이유는?

설명할 수 없었다.

무조건 척살해야 할 대상이었다. 그런 와중에 일부 정신을 차린 회색 오크들이 있었다. 그 이유는 바로 아론의 공격에 담겨 있었다. 그가 다루는 힘에는 모든 악함을 정제하는 치유의 힘이 담겨 있었다.

그에 아론은 볼을 긁적이면서 나직하게 입을 열었다.

"이제는 파사의 힘까지 가진 것이냐? 이젠 나도 내가 무섭네."

말은 그렇게 하고 있지만 그의 얼굴은 전혀 무서워하는 표정이 아니었다. 아니, 이미 이렇게 자신의 힘이 진화될 것이라는 걸 알고 있는 듯했다. 사실 아론은 이렇게 변하게 될 것이라고 어림짐작쯤은 하고 있었다.

다만 언제, 어떤 방식으로 모습을 드러내느냐가 문제였을 뿐. 그렇게 예상한 연유는 바로 자신이 받아들인 힘 때문이다. 자신의 힘은 공간과 불멸, 그리고 이 세계에서는 접할 수 없는 지식이었다.

그런데 문제는 그 세 가지의 힘이 그냥 그런 힘이 아닌 많은 것을 아우르는 힘이라는 것이다. 물론 그 세 가지의 힘이 극한으로 개발되지 않는 한 절대 그 세 가지에 녹아 있는 힘을 각성하지 못하겠지만 이미 자신은 인피니티 마스터를 넘어서 이먼스 마스터에 다다르고 있었다.

아니, 이미 그는 이먼스 마스터였다. 이먼스 마스터는 궁극이라 할 수 있다. 보통 말하기를 이먼스 마스터는 신이나 마오아이가 인간들의 세상을 감시하기 위해 강림한 존재가 가질 수 있는 경지라고 했다.

전투를 시작하면 등에 날개나 검이 돋아나기도 하고, 검집에서 검을 꺼내는 순간 중간계의 조율자라 일컬어지는 드래곤의 목이 두 동강 나버린다는 얘기도 있다. 오러 블레이드의 오러 서클릿을 무한으로 쓰고 대륙 하나쯤은 혼자 힘으로 파괴할 정도라고 추측이 나도는 정도다.

물론 이 모든 것은 그저 전설이나 설화 속에서나 등장하는 이야기다. 왜냐하면 단 한 명도 이먼스 마스터에 오른 사람이 없었으니까. 아니, 이먼스 마스터에 오르면 사람이 아니라 검의 신이라 해도 과언이 아닐 것이다.

그런 전설의 경지에 오른 아론.

그런 그는 거대한 바다와 같았고, 그 바다에는 시냇물과 강물까지 모두 포함되어 있었으며, 그 모든 것을 관장하고 조율할 수 있었다. 마지막으로 일곱 개의 큰 힘으로 분류되기는 했지만 결국 갖가지 힘이 비슷한 속성끼리 모이고 모여 일곱 개의 큰 힘이 된 것이다.

그 힘을 알기 위해서는 반드시 인피티니 마스터, 혹은 이먼스 마스터의 반열에 오르지 않으면 알 수 없는 그런 류의 힘이었고, 이먼스 마스터에 오르자 자연스럽게 한데 뭉쳐 있던 모든 것을 분화시킬 수 있었다.

그러면서 그는 그 모든 것을 끌어낼 수 있었다. 그리고 오늘 그것을 실험해 본 것이다. 실험은 어느 정도 성공적이었다. 자신이 마법사가 아니기에 온전하게 모두가 흑마법에서 벗어나지는 않았지만 어쨌든 절반 정도의 성공을 거뒀다.

아론이 생각을 정리하는 동안 어느새 카튬이 아론의 곁에 서 있다. 그에 아론은 슬쩍 상황을 살폈는데 정확하게 절반 정도의 회색 오크가 시체가 되어 있고 나머지는 정신을 차렸는지 공황 상태에 빠져 있었다.

"시간이 조금 걸리겠군."

"아마도."

"미무리하고 합류해."

"그래도 되겠나?"

"물론."

"고맙군."

"고마우면 잘해."

"그러지."

농담을 진담으로 받아들이는 카툼의 모습에 아론은 어깨를 으쓱한 후 다시 투박한 대검을 어깨에 턱 걸쳤다.

"나중에 보자고."

그러면서 뒤도 돌아보지 않고 발걸음을 옮겼다. 카툼은 말없이 아론의 뒷모습을 바라봤다. 그의 눈에 보이는 아론의 뒷모습은 거대한 산맥과 같았다. 아니, 하늘과 같고 땅과 같았다.

그런 그의 모습이 조금씩 흔들리기 시작하더니 종내에는 흐릿해지며 카툼의 시야에서 사라졌다. 마치 아지랑이처럼 말이다.

"참 특이한 사람입니다."

어느새 카툼의 곁으로 다가온 블랙해머가 입을 열었다.

"그래, 특이한 사람이지."

"그래서 그를 더 믿는지도 모르겠습니다."

"아마도……."

사실 카툼조차도 아론에 대해서 어떻게 특정할 수 없었다. 그냥 그런 사람이었다. 물을 바라면 물이 되었고, 산을 바라면 산이 되었으며, 하늘을 바라면 하늘이 되었다. 그는 모든 것이 가능한 사람이었다.

"그래서 그에게 오크 일족의 미래를 걸어보고자 하는 것이지."

"저 또한 동감합니다."

"어쨌든 저 흑마법에 찌든 놈들의 정신을 개조시키려면 시간이 좀 필요할 텐데 괜찮을지 모르겠군."

"그가 하는 일입니다."

"그렇군. 용병왕, 그가 하는 일이었군."

둘은 고개를 끄덕이며 돌아섰다. 그들을 기다리는 회색 오크 일족이 있었다. 그들을 제정신으로 돌려놓는 것이 지금은 그에게 도움이 되는 일일 것이다. 그의 휘하에는 자신 말고도 뛰어난 사람이 많으니까.

CHAPTER 2

나, 용병왕 Ⅱ

"크와아아앙!"

"끄륵! 사……."

"밀려나지 마라!"

"물러서지 마라!"

피가 강을 이루고 시체가 산을 이루는 지금 이곳은 북부 방면 동부군 제1 만인대의 본대가 방어를 하고 있는 전선이었다. 가장 강력한 본대이기는 했지만 막강한 몬스터들의 거침없는 전진에 연신 밀리고 있었다.

물론 이곳에는 용병 만인대만 존재하는 것이 아니었다. 정규 병력도 있었고, 영지에서 긴급하게 수혈한 영지병도 있었다. 하지만 북부군의 실질적인 전력은 없었다.

"사령부에서는?"

"아직 연락이 없습니다."

"젠장!"

전장의 여우라고 불리는 바이탈 크랙 만인대장의 얼굴이 일그러졌다. 지금은 빠져야 하는 순간이었다. 이 정도 버텨줬으면 됐을 법도 한데 밀려와야 할 정규군이 밀려오지 않고 있었다. 그랬기에 크랙 만인대장은 자신이 버려진 것이 아닌가 하는 생각을 가질 수밖에 없었다.

그는 잠시 밀리고 있는 전장을 바라보다 입을 열었다.

"후퇴한다."

"병력은……."

"후퇴할 수 있겠나?"

"어… 렵습니다."

"복수도 살아남아야 할 수 있는 법이다."

"알겠습니다."

그 결정으로 인해 후퇴를 위한 뿔나팔과 전고는 울리지 않았다. 용병들은 명령이 없었기에 죽을 듯이 몬스터와 싸우고 있었고, 만인대의 지휘부는 소리 없이 후퇴를 준비했다.

"어?"

"뭐?"

막 몬스터를 죽인 용병이 뒤를 바라보다 의문을 표하자 그 옆에 있던 용병이 물었다. 순간 두 용병의 얼굴이 일그러졌다.

"저거……."

"이런 쳐 죽일 놈들!"

그들은 즉각 알 수 있었다. 용병 지휘부가 자신들을 버리고 후퇴하고 있었다. 하지만 그들은 어떻게 할 수 있는 방법이 없 었다.

"쿠와아아앙!"

그때 거대한 몬스터의 울부짖음에 잠깐 한눈을 판 두 용병 의 머리가 두부처럼 박살이 나버렸다. 몬스터를 부리는 회색 오크들은 용병 지휘부의 후퇴를 이미 눈치채고 있었다. 왜냐 하면 어느새 자신들을 막아서는 용병들의 전력에는 알맹이가 빠져 있었기 때문이다.

그것을 모를 리 없는 회색 오크들.

그들은 속으로 인간들을 비웃고 있었다.

'인간들은 그 이기심 때문에 자멸할 것이다.'

그들은 그렇게 생각했다. 그들은 이번 전쟁에 확신을 가지 고 있었으나 인간들은 아직 자신들을 모르고 있었다. 몬스터 의 무서움을 모르고 있었다. 반면 자신들은 인간들을 너무나 도 잘 알고 있었다.

그러니 이 전쟁은 이길 수밖에 없었다. 그리고 지금 이 전장에서 보이는 인간들의 모습은 자신들의 생각을 여실히 보여주고 있었다. 지휘부는 살기 위해 지휘를 포기하고 도망을 가고, 힘없는 용병들은 죽어가기 시작했다.

버티고 있기는 하지만 얼마 안 가 지리멸렬할 것이 분명했다.

"크아아악!"

거대한 함성을 내질렀다. 그에 몬스터들 역시 거대하고 포악한 함성을 지르며 미친 듯이 달리기 시작했다. 용병들은 갑자기 전투력이 급상승한 몬스터들을 막아내기에 역부족이었다. 이미 오랜 전투에 지칠 대로 지친 용병들이었기 때문이다.

"크아아악!"

"살려줘어!"

비명 소리가 난무했다. 그런 비명 소리가 아련하게 들려오는 동안에도 용병 만인대의 지휘부는 안색을 딱딱하게 굳힌 채 뒤도 돌아보지 않고 달려 나가고 있었다.

기분이 좋을 리 없었다. 하지만 자신들이 살기 위해서는 이곳을 벗어나야 하는 것이 맞았다. 살아야 복수를 하든 뭐를 하든 할 테니까.

그들은 그렇게 생각했다. 그럼에도 불구하고 그들의 얼굴이 잔뜩 찌푸려진 이유는 대다수의 용병들이 자신들을 위해 도망치라 외치지 않았다는 것이다.

자신들의 일방적인 결정이었다. 지금 현 상황에서는 살아야 한다. 그러기 위해서는 도망가야 한다. 하지만 전선을 유지하면서 싸우고 있는 용병들은 지휘부를 향해 도망치라 하지 않았다. 같이 싸우고 같이 물러나야 한다고 했다.

아무리 용병들이 모래알처럼 모이지 못하는 존재라고는 하지만 그들은 알고 있었다. 이 전선이 밀리면 북부가 몬스터의 손에 떨어질 것이고, 자신들의 가족과 지인들이 있기 때문에 이 전선을 지켜야만 했다.

그리고 북부군을 믿었다.

그들도 귀족이기는 하지만 알고 있을 것이다.

이곳이 밀리면 황도 역시 결코 무사하지 못할 것이라는 것을 말이다. 그래서 믿었다. 하지만 용병들은 지금 이 순간 그 믿음에 대한 배신을 체감하고 있었다. 그럼에도 그들은 물러나지 않았다.

그들은 발악하듯 몬스터들을 물고 늘어졌다. 들고 있던 무기가 박살 나면 주변에 떨어진 무기를 집어 들어 싸웠고, 오른팔이 잘리면 왼팔로, 두 다리가 잘리면 남은 두 팔로, 두 팔마저 없으면 이빨로 물어뜯었다.

그러면 그럴수록 그들은 더욱 잔인하게 죽음을 맞이했다. 하지만 전혀 의미 없지는 않았다. 그만큼 몬스터들의 진군이

늦어지고 있었으니까. 그렇게 죽어간 용병들이 만들어준 시간 동안 지휘부는 안전하게 후퇴할 수 있었다.

하지만 하늘은 비겁한 그들을 결코 그대로 두지 않았다.

히히히힝!

"워~ 워~"

"누구냐?!"

그들의 퇴로를 가로막는 일단의 무리가 있었다. 크랙 만인 대장은 말을 급히 멈춰 세우며 외쳤다.

"여어~ 만인대장! 아니, 바이탈 크랙! 아니아니, 전장의 여우? 에이 씨! 여하튼 겁나게 오랜만이야!"

그에 크랙 만인대장의 얼굴이 찡그려졌다. 분명 자신을 부르는 말이었으나 놀리는 느낌이 들었기 때문이다.

"네놈은?"

"이거 섭섭한데? 나 몰라? 5천인대 5백인대장 제라르."

"그런데?"

기억나지 않았다.

그동안 만인대를 거쳐 간 용병이 한둘이 아니었다. 그런데 그 많은 사람 중에 어떻게 알 수 있겠는가?

"에헤이~ 기억나지 않는가 보지? 기억나게 해줄까?"

"쓸데없는 소리 하려거든 길을 비켜라!"

"쓸데없는 소리 아니니까 한번 들어봐. 7년? 아니, 8년 전인가? 제기랄! 기억조차 나지 않네. 여하튼 그때 회색 숲에 사람을 보냈잖아. 그지? 맞지?"

"그건……."

"이제 기억이 날 거야. 여기 아론 형님하고 나, 그리고 지금은 플람베르 가문의 소가주가 정찰 백인대장을 맡고 말이지."

"플람베르 가문의 소가주?"

"에헤이~ 모른 척하면 안 되지. 아, 그때는 길버트 프라우디르였지, 아마?"

"아! 길버트 프라우디르!"

그때야 알겠다는 듯이 탄성을 지른다. 하지만 이내 눈살을 찌푸렸다. 그때 당시 자신이 한 일이 생각나서였다. 그때 정찰대의 부관인 조나스 픽스틴의 죽음을 이용해 엘리오스 가문과 플람베르 가문의 충돌시키려 한 것.

그리고 그 충돌로 살아남은 길버트 플람베르를 죽이고 참여한 용병들을 제거하려 한 것이 선명하게 기억에 떠올랐다. 왜냐하면 그것은 자신의 유일한 오점이었기 때문이다. 많은 배후 작업을 했지만 그 작업 중 유일하게 실패한 작업이었다.

"네놈……."

"이제 생각나나 보네?"

제라르의 말에 크랙 만인대장은 입꼬리를 말아 올리면서 잔인한 웃음을 떠올렸다.

"잘 왔다."

"그래, 잘 왔지?"

"그래, 죽을 자리를 찾아왔으니 잘 왔지. 그런데 죽을 자리에 찾아온 사람치고는 대담하군."

"대담은 무슨, 얽힌 매듭은 풀어야지."

"그래, 그래야겠지."

크랙 만인대장이 그렇게 말하자 제라르 역시 흰 이를 드러내며 웃었다.

그때 그의 뒤에 있던 두 명의 사내가 앞으로 모습을 드러냈다. 그는 눈썹을 꿈틀거리면서 그 둘을 바라봤다.

"형님들, 잘 왔다고 하우."

"잘 왔다니 다행이네."

"그러게 말이우."

제라르의 말투가 바뀌었다.

"네놈들은?"

또다시 기억에 없는 놈들이 튀어나왔다.

"아! 난 얀센 크라우프라고 하지. 그때 살아남은 인원 중 한 명으로 정찰 백인대 중 한 명이었지."

"난 아론이고, 기억날지 모르지만 정찰 백인대를 안내한 용병이지."

"그……"

크랙 만인대장은 기억에 없는지 검지로 얼굴을 살짝 긁었다.

"뭐 기억나지 않는 게 당연하겠지. 별 볼일 없는 조장급 용병이었으니."

"뭐 어쨌든 왜 길을 막은 거지?"

"도망가지 못하게 하려고."

"크흐흐, 네놈들이?"

"그래."

"이거, 이거, 전장의 여우라는 나를 너무 쉽게 본 것 아닌가?"

"쉽게 보이는 것을 어쩌라고."

아론의 퉁명스러운 말에 크랙 만인대장의 얼굴이 일그러졌다.

"감히……."

그 순간 아론의 신형이 모두의 시선에서 사라졌다가 바로 크랙 만인대장의 바로 앞에 모습을 드러냈다. 그에 눈을 부릅뜬 크랙 만인대장.

"컥!"

아론은 크랙 만인대장의 목을 잡아 들어 올렸다. 그 누구도 그 모습을 보고 움직일 수 없었다. 너무나도 창졸지간에 벌어진 일이었기 때문이다. 그러다 잠깐의 시간이 흐른 후 정신을 차린 마우저 작전 참모가 외쳤다.

"죽여!"

하지만 그 누구도 움직일 수 없었다. 그들 사이사이에서 솟아나는 일단의 용병들 때문이었다.

"허억!"

그들은 헛바람을 들이켰다. 분명 거리가 존재했다. 그런데 순식간에 그 공간을 격하고 자신들의 목에 시퍼렇게 날이 선 무기가 닿아 있었다. 물론 지휘부를 구성하는 주요 용병들의 목에도 예외 없이 무기가 닿아 있었다.

"한 번 더 입을 놀리면 깔끔하게 잘라주지."

제라르가 나직하게 으르렁거렸다.

"꿀꺽!"

그에 제압당한 지휘부의 용병들은 마른침을 삼켰다. 그도 그럴 것이, 자신의 목숨을 위협하고 있는 이들이 어떻게 움직였는지 보지도 못했기 때문이다. 크랙 만인대장만 하더라도 그냥 만인대장이 된 것이 절대 아니었다.

그의 무력은 최상급이었고, 지휘부를 이루는 대부분의 용병은 중급이나 상급의 실력을 지니고 있었다. 그런데도 자신들을 위협하는 용병들의 움직임을 볼 수 없었다는 것은 이들이 이미 자신들을 훨씬 초월했다는 것을 의미하기 때문이다.

"컥! 컥!"

그 와중에 크랙 만인대장은 답답한 듯 자신의 목을 조이고 있는 손을 떼어내기 위해 안간힘을 썼다. 하지만 견고한 갈고리처럼 절대 풀리지 않는 아론의 손아귀. 하늘 높이 번쩍 들어 올린 그의 손이 서서히 내려오며 크랙 만인대장을 자신의 코앞까지 끌어 내리는 아론이다.

"비겁하지? 그치?"

"컥! 컥!"

하나 여전히 답을 하지 못하는 크랙 만인대장.

"그래도 용병 만인대의 만인대장이잖아. 그런데 자기 살자고 도망가는 꼬락서니라니… 딴에는 복수도 살아야 가능하다고 말하겠지. 그런데 말이야, 누가 너한테 도망가라고 했지? 용병 중에 누가 너에게 그런 말을 했지?"

"끄륵!"

이미 얼굴이 시퍼렇게 변해가고 있는 크랙 만인대장. 그리고 그 주변을 경계하고 있는 용병들 역시 아론의 말이 너무나도 선명하게 들려왔다. 그 탓에 그들의 얼굴 또한 더욱더 딱딱하게 굳어갈 수밖에 없었다.

아론의 말이 동료를 배신한 자신들의 심장을 있는 대로 자극하고 있었기 때문이다. 그들은 지금 참담한 패배감에 휩싸여 있었다. 그 무엇으로도 변명할 수 없는 동료를 배신한 용병이라는 꼬리표 때문이다.

"너의 지위는 지금 죽어가고 있는 용병들과 함께했을 때만이 인정받는 것이다. 그리고 그런 동료들을 버리고 도망친 그 순간, 너는 이미 모든 직위를 스스로 버린 것이다. 알겠나?"

그 말과 함께 크랙 만인대장을 집어 던져 버렸고, 크랙 만인대장은 구겨진 쓰레기처럼 뒹굴어 흙바닥에 제멋대로 나동그라졌다. 아론은 서서히 걸음을 옮겨 아직 정신을 차리지 못하고 있는 크랙 만인대장을 향했다.

그가 크랙 만인대장 바로 앞에서 걸음을 멈췄을 때 크랙 만인대장이 무언가를 아론에게 뿌렸다. 잔뜩 움켜쥐고 있던 흙이 아론의 전면에서 터지며 아론의 시야를 가렸다. 그 순간을 기해 크랙 만인대장은 눈으로 좇을 수 없을 만큼 빠르게 움직였다.

푸욱!

순간 모두의 시선이 크랙 만인대장과 아론에게로 향했다.

"크흐흐흐, 강자라 살아남는 게 아니라 살아남는 자가 강한 자이다."

"그래?"

"그래."

"내가 죽을 것 같나?"

"뭐라고?"

"내 심장에서 피가 흐르나? 아니, 내 손에서 피가 흐르나?"

"그……."

그 순간 크랙 만인대장은 자신의 검이 향한 곳을 바라봤다. 분명 검이 들어갔다. 아론은 분명 검의 중간쯤을 잡고 있었다. 그런데 피가 흘러내리지 않고 있었다. 분명 촉감은 피륙을 뚫고 지나가는 느낌이 들었고, 검 역시 중간까지 박혔음에도 불구하고 말이다.

그때 아론이 새끼손가락부터 하나씩 펼쳤다. 크랙 만인대장은 멍하니 그 모습을 바라봤고, 검지가 펴질 무렵 그는 자신의 모든 것이 잘못되었다는 것을 느낄 수 있었다. 검지가 펴지고 엄지손가락까지 펴졌을 때 있어야 할 검신이 보이지 않았다.

"인간의 감각이라는 게 꼭 믿을 만한 것이 아니야. 물론 네 감각도 그렇고 말이지."

"어떻게……."

"말해줄 의무는 없지."

어느새 아론의 손은 다시 크랙 만인대장의 목을 움켜쥐었다.

"잘 가라."

우드득!

비명은 없었다.

아론은 쓰레기 버리듯이 크랙 만인대장을 집어 던지고 고개를 들었다.

"사, 살려……."

서걱!

"큭!"

살려 달라고 했다.

하지만 묻지도 따지지도 않았다. 그동안 이들이 저지른 패악을 그 누구보다 잘 알고 있기 때문이다. 그래서 한 점의 죄책감도 없이 죽일 수 있었다. 지휘부가 모두 죽은 후 아론이 다시 입을 열었다.

"동료를 배신하는 자는 용병이 아니다."

"……."

그의 말에 고개를 떨어뜨리는 용병들.

"기회를 주지."

그 말에 고개를 떨어뜨린 용병들의 두 눈에 회생의 빛이 떠올랐다.

"가서 동료를 구해."

"그러면 살 수 있소?"

"살기 위해서 동료를 구하는 것이 아니라 용병이기 때문에 동료를 구하는 것이다."

"가서 죽으란 말이오?"

"그럼 여기서 죽을 텐가?"

"그런……."

"비겁하다거나 혹은 잔인하다거나 혹은 있을 수 없는 일이라고는 하지 마라. 네놈들은 전쟁을 함께한 동료를 배신한 배신자들이니까. 그나마 내가 기회를 준 것을 고맙게 생각해라."

"그……."

"변명은 필요 없다. 여기서 죽겠나, 아니면 동료를 구하고 죽겠나?"

"가… 겠소."

"빨리 가. 안 그러면 내 손에 죽을지도 몰라. 지금 어지간히 참고 있는 거니까."

"아, 알겠소."

면죄부를 받은 용병들은 말을 돌려 전장으로 향했다. 그런 그들을 바라보다 한숨을 내쉰 얀센이 입을 열었다.

"갑시다, 형님."

"그래, 가자."

"흐흐흐, 드디어 용병들의 힘을 보여줄 때가 온 것 같수."

제라르가 나직한 흥소를 터뜨렸다. 그에 아론은 피식 웃으며 걸음을 옮겼다. 그가 걸음을 옮기는 그 순간, 이미 그의 모습은 용병들의 시야에서 사라지고 없었다.

"거참, 그 양반 조급하기는."

"가자."

"알았수."

그리고 그들이 움직였다.

*　　　*　　　*

"씨, 씨… 여기서……."

한 용병이 암담한 표정을 지어 보였다. 자신의 머리 위로부터 오거의 피와 살점이 덕지덕지 묻은 곤봉이 떨어져 내리고 있었기 때문이다. 그는 그 곤봉을 보다 눈을 질끈 감았다.

그런데 한참을 있어도 곤봉이 자신의 머리를 내려치는 느낌이 들지 않았다.

'뭐지?'

그는 살짝 궁금증이 들었다. 그때 그의 귓가로 들려오는 목소리가 있었다.

"언제까지 눈을 감고 있을 텐가?"

그 소리에 눈을 번쩍 뜬 용병. 그리고 멍하니 자신을 내려다보고 있는 사내를 바라보다 주변을 훑어보았다. 압도적으로 밀리고 있었다. 사방 천지에 몬스터들이 우글거리고 퇴로는 막혀 있었다.

그런데 그런 몬스터들이 비명을 지르며 죽어가고 있었다. 이런 비현실적인 상황을 제대로 인지하기에는 시간이 필요했다. 하지만 그 시간조차 아까운지 또다시 거대한 폭음이 들려왔다.

쿠와아아앙! 콰앙! 쾅! 쾅!

버버번쩌억!

그리고 섬광이 이어졌다. 눈을 뜰 수조차 없을 정도의 엄청난 섬광이었고, 용병들은 자신도 모르게 팔을 들어 섬광을 가렸다. 하지만 가린다고 해서 가려질 수 있는 섬광이 아니었다. 아주 잠깐의 순간을 제외하고 용병들은 섬광의 폭발에서 벌어지는 일을 볼 수 있었다.

반원형으로 퍼지는 섬광.

그 속에서 수백, 수천의 몬스터들이 일시에 폭탄처럼 터져나가 흔적조차 없이 사라지고 있었다.

용병들은 그저 입을 벌리고 그 믿을 수 없는 광경을 지켜보고 있을 뿐이었다.

콰아아앙!

그리고 마지막 폭발음이 들려오며 빛이 사방으로 비산했다. 사방으로 터져 나간 빛은 모든 것을 재로 만들어 버렸다. 다만 재로 된 것은 바로 몬스터뿐이었다. 용병들은 오히려 그 빛에 의해 다친 상처가 회복되고 잘려나간 팔이 재생되고 있었다.

"대체……."

"용병왕이시다."

"에?"

"못 들었나?"

"어……."

"용병들을 위한 용병왕이시다."

"아!"

그제야 용병은 깨달았다.

후방으로부터 들려오는 소문이 거짓이 아니라는 것을 말이다.

"그런데……."

"그건 나도 모르겠군."

생전 처음 보는 용병이 모르겠다고 하는 것은 역시 상처가 회복되고 잘려 나간 곳이 재생되는 현상일 것이다. 솔직히 답을 해주는 용병도 모를 일이었다. 용병왕이 대단한 것은 맞지만 이전에는 이런 현상을 본 적이 없으니 말이다.

"의심나면 직접 물어보는 것도 괜찮겠지."

"그게……."

"용병왕께서는 왕이기 전에 용병이시다."

"아!"

사내의 말에 용병은 감탄을 터뜨렸다. 사내의 말은 용병왕이 결코 높은 곳에 존재하지 않는다는 말과 같았기 때문이다.

용병왕은 용병들과 함께하고 높은 곳이 아닌 같은 곳에 존재한다는 것을 말이다.

애초에 용병왕이 나타났다는 말에 전쟁 용병들은 코웃음을 쳤다. 용병왕이 등장하고 플랑드르라는 곳이 용병들의 대지가 될 가능성이 있다는 말에 용병들의 반응은 한결같았다.

"그래서… 뭐?"

도대체 달라지는 것이 뭐가 있느냐는 것이다. 전쟁은 계속되고 있었고, 용병들의 대우는 똑같았다. 전쟁 용병들을 지휘하는, 힘 좀 쓴다는 용병들은 자기들 먹고살기 바빠서 휘하 용병들의 등골을 빼먹기 바빴다.

전혀 도움이 안 되는 용병왕 따위, 밑도 끝도 없는 용병들의 대지 따위는 관심 없었다. 하지만 지금은 아니었다. 용병왕이 자신들을 살렸다. 그가 대동한 용병들이 수많은 용병의 목숨을 살렸다.

그리고 기적을 일으켰다. 죽은 자가 살아나지는 않았지만 그 정도는 인정한다. 용병왕은 용병왕이지 성녀나 성자가 아니기 때문이다. 가슴 저 밑에서 치솟아 오르는 무언가가 있었다. 소리를 지르지 않고는 절대 가만있을 수 없었다.

"우와아아아아악!"

용병은 소리를 질렀다. 미친 듯이 소리를 질렀다. 가슴속에 담아두고 있던 모든 것을 찌꺼기 하나 남김없이 쏟아내 버리듯이 말이다. 그 미친 듯한 비명에 가까운 소리는 비단 그 한 사람에게 국한되지 않았다.

수백, 수천의 용병들이 한마음 한뜻이 되어 소리를 질러댔다. 그 소리는 이 전장을 가득 채우고 저 멀리까지 퍼져 나갔다. 그리고 용병들이 내달렸다. 많은 수가 줄었건만 용병들은 다시 수만으로 불어난 것 같은 느낌이 들었다.

몬스터를 향해 양손대검을 그어 내렸다. 몬스터의 검녹색 피가 튀었지만 용병은 아랑곳하지 않았다. 그때 용병의 뒤쪽으로부터 몬스터의 날카로운 손톱이 다가왔다. 하지만 몬스터는 원하는 바를 이룰 수 없었다.

서걱!

순간 용병은 뒤를 돌아봤고, 그를 스치고 지나가는 이의 목소리를 들을 수 있었다.

"여기서 죽으면 의미 없지. 어떻게든 살아남아라. 살아서 용병으로서의 영광을 누려라."

"그……."

무언가 말을 하려 했지만 이미 말을 한 자는 그 자리에 없었다. 다만 한 가지 확실한 것은 있었다. 자신을 살려주고 용병으로서의 영광을 누리라고 한 자는 용병이었으며, 인간이 아닌 이 종족이라는 것을 말이다.

멍하니 자신을 스쳐 지나간 이종족 용병을 지켜보고 있을 때 또다시 그의 귓가에 무언가 잘려 나가는 소리가 들려왔다.

서걱!

"뭘 멍하니 서 있나? 죽고 싶나?"

걸걸한 목소리.

'드워프?'

"이 인간, 정말 죽고 싶은 모양이로군. 죽게 놔둘 걸 괜히 살려줬나?"

그러면서 용병을 스쳐 지나가는 드워프 용병. 그때까지도 용병은 정신을 차릴 수가 없었다. 수없이 많은 이들이 용병의 곁을 스치고 지나갔다.

꾸욱!

그리고 마침내 용병은 현실을 인지하고 들고 있던 두 자루의 배틀엑스를 힘껏 움켜쥐었다. 지금은 멍하니 있을 때가 아니라는 것을 깨닫게 되었고, 이렇게 멍청하게 있다가는 자신이 해야 할 역할을 다른 용병들에게 빼앗기겠다는 생각에서였다.

그때 그의 옆으로 떨어져 내리는 자가 있었다.

"당신은……."

"나? 용병왕."

"아……!"

"그 표정은 대체 뭔데?"

"아니, 뭐… 그……."

"아! 그러고 보니 당신, 8천인대장이던가?"

"날 알고 있소?"

"날 몰라? 나 아론이야."

"아론?"

"정확히 8년 9개월 12일 전에 나를 두고 갑론을박하던 것으로 기억하는데?"

"갑론을박?"

"아! 단어가 너무 어려웠나? 회색 숲에서 살아 돌아온 나를 두고 설전을 벌였잖은가? 5천인대장과 함께 말이야."

"아!"

"이제 생각나나 보군. 그런데 그때의 패기는 어디 가고 그 멍청한 표정은 대체 뭐지?"

"그건……."

"의문이 많겠지. 하지만 일단 지금의 상황을 해결하고 보는 것이 나중을 위해서, 혹은 의문을 풀기 위해서 낫다고 보는데?"

"알겠소."

아론의 말이 맞았다. 지금은 집중해야 할 때였다. 왜냐고? 물론 살기 위해서이다. 죽으면 의문이고 뭐고 간에 아무짝에도 쓸모없었다. 8천인대장은 그것을 인지하고서는 멀리 전장을 바라봤다.

벌써 수많은 용병들이 몬스터를 밀어붙이고 있었다. 그에 8천인대장은 소리를 지르며 전장으로 달려 나가기 시작했다. 그 역시도 전장 한가운데에 서기 위해서였다. 잠시 멍청하게 있던 것을 복구하기 위해라도 말이다.

그 모습을 바라본 아론은 피식 웃으며 다시 신형을 움직였다. 그가 움직이는 곳은 이번 전투의 결착을 볼 수 있는 곳이라 할 수 있었다. 바로 용병 만인대와 맞붙게 된 회색 오크들의 우두머리가 있는 곳이었다.

회색 오크의 우두머리.

아마도 족장쯤 될 것이다.

"크워어어억!"

산천초목을 벌벌 떨게 할 정도의 거대하고 광폭한 외침이 터졌다.

"내가 바로 붉은 바위 오크 일족의 족장 카무치다! 누가 있어 나의 앞길을 막을쏘냐?"

붉은 바위 일족의 족장 카무치는 의도적으로 더욱더 강렬한 모습을 보였다. 더 잔인하게 죽였고, 소리를 질러 모두의 시선을 자신에게로 돌렸다.

"시끄럽다!"

그런데 그런 그의 외침을 가로막는 호통이 있었다.

"어떤 놈이냐?"

"나란 놈이다."

마치 말장난을 하는 것 같은 대답. 그에 카무치의 눈동자가 분노로 일그러졌다. 그렇지 않아도 어떤 알 수 없는 존재에 의하여 승리가 임박한 상황이 단번에 역전되어 버렸다. 그런데 그런 상황에서 농담처럼 대답하니 이것은 명백하게 자신에 대한 도발이었기 때문이다.

카무치의 분노한 눈동자가 자신의 앞에 훌훌 떨어져 내리는 자를 쏘아보며 입을 열었다.

"나는 붉은 바위 일족의 족장 카무치다. 네놈은 누구냐?"

"나? 용병왕 아론."

"아론?"

"용병왕 아론이라니까? 왜 용병왕은 쏙 빼먹는 것이냐? 내가 너를 그냥 카무치라고 하면 기분 좋겠냐?"

"감히……."

"하! 하여간 이놈이나 저놈이나 감히라는 말은 잘도 쓰네."

"죽일 놈!"

하지만 대답은 카무치에게서 들려온 것이 아니었다. 그는 족장이다. 수천의 오크와 수십만의 몬스터를 다루는 족장 말이다. 그런 그가 단독으로 있을 가능성은 모래 속에서 바늘을 찾는 것과 다르지 않았다.

그리고 그것을 증명이라도 하듯이 참지 못한 카무치의 호위대들이 움직이기 시작했다. 아론은 그런 그들을 보며 이미 그럴 줄 알았다는 듯이 입을 열었다.

"쯧, 꼭 이러더라."

그러면서 투박한 양손대검을 성의 없이 휘둘렀다.

쉬아아앙!

그러나 성의 없이 휘두른 것에 비해 투박한 양손대검이 허공을 갈랐고, 아론을 향해 쇄도하던 호위대가 움찔거리면서 그대로 굳었다. 족장 카무치조차 왜 그러는지 알 수 없다는 듯이 의문의 눈빛을 떠올렸으나 이내 그 이유를 알 수 있었다.

투두둑!

마치 빗방울이 떨어지듯이 수십에 이르는 호위대의 목이 잘려 나가며 질퍽한 대지 위에 나뒹굴게 되었으니 모르고 싶어도 모를 수가 없었다.

쩌억!

당연한 반응이지만 카무치 족장은 입을 쩍 벌리며 심장이 튀어나올 정도로 놀랄 수밖에 없었다. 오크에게 있어서 족장이란 차전사, 즉 인간으로 치면 익스퍼트 최상급의 경지에 오른 자다. 족장치고는 실력이 낮다고 할 수 있겠으나, 한 부족에서 무력으로 다투는 것은 대전사이지 족장이 아니었다.

순수한 무력으로 따지자면 대전사가 소드 마스터로 가장 강력하지만 부족이라는 것이 무력으로만 다스리는 것은 아니니 족장은 무력과 함께 리더로서의 자질이 있는 사람이 차지하는 것이 당연시되었다.

그런 카무치조차 아론이 어떻게 손을 썼는지 모를 정도였다. 그에 카무치는 자신의 곁에서 맹렬하게 용병들을 죽이고 있는 대전사 무툼바를 바라봤다. 하지만 이내 카무치의 얼굴이 딱딱하게 굳었다.

무툼바조차도 아론이라는 자가 어떻게 손을 썼는지 모르는 표정이었다. 무툼바는 자신도 모르게 두 자루의 배틀엑스를 움켜쥐며 한 발 앞으로 나섰다. 그에 살아남은 호위대 역시 아론을 중심으로 빙 둘러 그를 포위했다.

그런 오크들을 한번 둘러본 아론은 무표정했다. 그리고 어깨에 두르고 있던 투박한 양손대검을 길게 늘어뜨렸다. 하지만 단순한 행동임에도 불구하고 오크들은 긴장하지 않을 수 없었다.

숨 막히는 긴장감이 흘렀다. 족장인 카무치는 그 숨 막히는 긴장감을 해소하기 위해 함성을 내질렀다.

"크워어어억!"

그것이 신호가 되었을까? 아론을 둘러싸고 있던 호위대들이 일제히 가지고 있는 무기에 투기를 담기 시작하면서 현란

하고 진득한, 이루 형언할 수 없을 정도의 빛이 떠오르기 시작했다. 보통 사람이라면 그 빛에 주눅이 들어 제대로 된 실력을 발휘하지 못할 것이나 아론은 절대 보통 사람이 아니었다.

오크들의 투기로 이루어진 빛의 다발이 아론을 향하는 그 순간, 아론의 신형이 마치 허깨비처럼 흔들리더니 이내 오크들의 시야에서 사라져 버렸다. 그에 오크들은 당황해 멈칫거렸다. 하지만 그것이 오크들이 이 세상에서 한 마지막 행동이었다.

스화아아악!

바람이 불어온 것인가?

겨울이 아님에도 불구하고 오크들은 그 바람에 등골이 서늘함을 느껴야 했다.

'졸리는군.'

'힘이 빠지는 건가?'

'왜 이렇게 무기력하지?'

오크들은 그런 생각을 했다.

투두두둑!

그리고 빗방울 떨어지는 소리가 들려오며 오크들의 목이 질퍽한 바닥에 떨어졌다. 이어 뒤늦게 그들의 몸체가 힘없이 썩은 고목처럼 쓰러졌다. 그 수가 호위대의 절반이 넘어가고 있었다. 오백에 이르는 호위대 중 절반이다.

"후어어~"

오크들은 이 믿지 못할 광경에 뜨겁거나 혹은 극한의 허탈감을 느끼면서 헛바람을 들이켰다. 하나 그 헛바람이 공포로 바뀌는 것은 그야말로 순식간이었다. 또다시 등골을 서늘하게 하는 바람이 불어왔기 때문이다.

"피……."

"…해!"

하지만 그들은 움직일 수 없었다. 그들의 의지와 상관없이 신체가 움직이지 않았고, 눈동자는 초점이 풀렸다.

투두둑!

"……!"

족장 카무치와 대전사 무툼바는 심장이 튀어나올 정도로 놀라 지금 상황에서 어떻게 해야 할지 몰랐다. 그런 그들의 앞에 사라졌던 아론의 신형이 다시 모습을 드러냈다. 그는 무감정한 눈동자로 멍하니 자신을 바라보는 두 오크를 바라봤다.

카무치와 무툼바는 전신에 전율이 흐르는 것을 느꼈다. 이것은 넘을 수 없는 벽이었다.

그리고 절망이었다.

그에 대전사 무툼바와 족장 카무치는 한탄을 금치 못했다.

"어쩌자고 이 땅에 드렉타스를 주고 인간에게 저런 자를 내린 것인가?"

"하아!"

그들은 본능적으로 모든 것이 틀어졌음을 직감했다.

"그렇다고 하더라도 여기서 끝낼 수는 없지."

콰악!

대전사 무툼바는 배틀엑스 두 자루를 콱 움켜쥐었다. 그것은 족장 카무치 역시 마찬가지였다. 그 역시 글레이브를 움켜쥐고 전의를 가다듬었다. 그는 족장이기 이전에 오크 전사였다.

그런 둘을 보며 아론은 고개를 끄덕이며 나직하게 입을 열었다.

"그 모습은 인간보다 낫군."

아론의 말에 족장 카무치와 대전사 무툼바는 징그럽게 웃음을 떠올렸다. 아론은 분명 강자였다. 도저히 넘을 수 없는 절대의 강자였다. 아론 한 사람으로 인해 오크들의 오랜 염원이 무산될 수 있을 정도로 강자였다.

그런 강자가 자신들을 인정했다. 강자에게 인정받는다는 것이 쉽지 않음을 아는 둘은 비록 인간이기는 하나 절대의 강자에게 인정받았다는 것에 기쁜 마음이 들었다.

"외람되지만 오크들을 부탁해도 되겠소?"

"오크들을 이끌 이는 내가 아니다."

"못하겠다는 말이오?"

"그대들에게는 드렉타스만 있나?"

"그밖에 없소."

아론의 말을 도저히 이해할 수 없었다. 하지만 카무치는 답했다.

"아니, 있다."

"누구 말이오?"

"잘 생각해 보면 떠오를 것이다."

"……!"

생각에 잠겼다가 이내 무언가를 깨달은 듯 아론을 바라보는 카무치와 무툼바.

"설마……."

"드렉타스의 행동이 옳지 않고 그 끝이 파멸로 간다는 것을 안다면 설마라는 단어로 지칭하는 자가 이끄는 것이 맞겠지."

"……."

아론의 말에 카무치와 무툼바는 침묵할 수밖에 없었다. 그 둘은 알고 있었다. 비겁자로, 혹은 배신자로 낙인찍힌 자가 배신자도 비겁자도 아니라는 것을 말이다. 비겁자이고 배신자는 바로 자신들이었다.

그는 용감하게 잘못된 것에 항거했으나 자신들의 잘못된 힘에 굴복했다. 하지만 누구도 그것을 인정하려 들지 않았다.

그것을 인정하기에는 너무나도 참담했기 때문이다.

"그가… 살아 있소?"

"살아 있지. 그리고 진실을 아는 자들을 규합해 세력을 이뤄가고 있지."

"왜, 왜 오지 않았소?"

"그는 아직 힘이 모자라다."

"힘이라면?"

"그는 맨손으로 하나씩 이뤄내고 있다. 그것이 쉬운 일이라고 생각하나?"

"…아니오."

"그는 그것을 해내고 있다. 그래서 시간이 필요하다."

"시간? 시간이라……. 어떤 시간을 말하는 것이오?"

"진정한 오크족으로 거듭나기 위한 시간이다."

"진정한 오크족이라니……."

카무치와 무툼바의 목소리가 떨렸다. 그들이 원한 것이 유사 인종으로 인정받는 것이었다. 몬스터가 아닌 하나의 종족으로 말이다. 그래서 배신인 줄 알면서, 비겁자인 줄 알면서도 드렉타스에게 고개를 숙이고 무릎을 꿇었다.

하나 드렉타스는 결단코 자신들이 원하는 방향으로 종족을 이끌지 않았다. 그에게 있는 것은 끊임없는 살의와 지배뿐이었다. 그렇지만 참았다. 이렇게 흘러가든 저렇게 흘러가든 결국 이미 발을 담은 상황이었기 때문이다.

하지만 모든 것을 포기하고 어둠에 물들어가는 그 순간 희망의 빛을 보았다. 물론 그들이 정신을 차린 이유는 바로 아론이 새롭게 눈을 뜬 멸사의 마나 때문이기도 했다. 어쨌든 아론은 그것을 깨달은 이후 피를 그렇게 많이 흘리지 않아도 될 것 같은 느낌이 들기에 적극적으로 활용하고 있는 형국이다.

"어떤가?"

"무엇이 말이오?"

"그와 함께 새로운 오크족을 꿈꾸지 않겠는가?"

"…그것이 가능하오?"

"가능하지 않겠나? 그의 휘하에 든 이 대부분이 너희들과 같은 자들이니까."

"우리와 같은 자?"

"모르는가? 너희들은 어둠의 주술에 물들어 있었음을?"

"어둠의 주술이라니, 그게 무슨……?"

"진정 모르는 모양이군."

"……"

모르는 것은 아니었다. 그냥 설마 했을 뿐이다. 같은 동족이다. 오크들의 영광을 위해 한데 뭉쳤을 뿐이다. 그런데 그런 자신들을 믿지 못해 오랜 세월 동안 배척하던 어둠의 주술을 사용했다는 것에 깊은 배신감을 느꼈다.

이것은 참으로 알 수 없는 일이었다. 인간이나 오크나 모두 같다. 오크들의 경우 오래전, 기록조차 희미해질 고대의 시절 대지의 요정이었다.

하나 악의 화신 멜코르의 수작으로 인해 요정들은 감옥에 갇히고, 서서히 참혹한 술책에 의해 타락하여 노예가 되어갔다. 그리고 멜코르는 요정에 대한 시기심과 그들을 조롱하려는 생각으로 대지의 요정을 오크라는 끔찍스런 종족으로 번식시켰다.

그러하기에 오크들은 몬스터 중에 가장 악랄하며 요정들의 가장 지독한 적이 될 수밖에 없었다. 때문에 오크들은 종족이 아닌 몬스터로 분류되었다. 그런데 당대에 이르러 종족으로 거듭나려 하고 있었다.

그런데 그 오랫동안 자신들을 억눌러 오던 멜코르의 저주를 풀어냈는데 그것이 풀어낸 것이 아닌 또 다른 족쇄가 되었다는 것에 분노할 수밖에 없었다.

"으드득!"

둘은 동시에 이를 갈았다. 드렉타스는 오크 종족의 구원자가 아니라 멜코르보다 더 잔인하고 오크 종족을 더 이상 빠져나올 수 없는 악의 구렁텅이로 끌어들이고 있었던 것이다.

"어떻게 하면 되오?"

카무치의 말에 아론은 슬쩍 미소를 떠올리며 말했다.

"다 죽으면 된다."

"다 죽는다?"

순간 이해할 수 없다는 듯이 입을 여는 무툼바. 순간 무툼바는 본능적으로 카무치를 바라봤다.

"어떻게 죽으면 되겠소?"

"우선 몬스터는 모두 죽어야겠지."

"그리고?"

"깨어나지 못한 자를 처리해야겠지."

"그 방법밖에 없소?"

"모두 살릴 수는 없지 않겠나?"

"그것은……."

"깨어나지 못한 자는 골수까지 어둠의 힘에 물든 자들이라고 할 수 있지."

"하지만 용병들은……."

"그들은 내가 알아서 하지."

"한데 당신은 도대체 누구요?"

"나? 내가 누구냐고?"

"그렇소."

"용병왕."

"용병왕?"

"그래."

"용병 중에 왕이 있었소?"

"내가 한다고 했어."

"스스로 말이오?"

"스스로 한다고 했지만 곧 인정받게 되겠지. 내가 용병왕이라는 것을. 용병들의 대지가 세상의 중심이 될 것이라는 것을."

아론의 말에 그들은 왠지 모르게 그렇게 될 것 같은 느낌이 들었다.

'그는 강자니까.'

'그는 그럴 만한 자다.'

인정해 버렸다.

그리고,

"알겠소."

"그래, 잘 판단했어."

아론은 흰 이를 드러내며 웃었다. 그리고 모든 용병에게 알려졌다.

'몬스터들과 눈이 검은 색으로 물든 놈들만 죽여.'

그의 목소리가 모든 용병에게 전달되었다. 귀로 전달된 것이 아니라 뇌에 직접 전달되었다. 그를 따르던 따르지 않던 그 목소리를 들은 모든 용병은 그의 말을 그대로 따랐다. 그에 어둠의 주술에서 깨어난 오크들은 상황이 어떻게 된 것인지 몰라 어리둥절했다.

그때 무툼바가 크고 우렁차게 굉음을 토해냈다.

"쿠우어어엉!"

그의 목소리는 전장 구석구석까지 전달되었다. 무툼바는 소드 마스터였다. 그의 외침을 들은 오크들. 어둠의 주술에서 깨어난 오크들이 무툼바가 있는 곳으로 움직였다.

CHAPTER 3
인정

"어디를 가려는 게냐?"

"대전사에게 간다."

"인간 놈들은 어찌하고?"

"내가 없어도 충분하지 않은가?"

"그야 물론……."

"대전사의 부름은 전사로서 당연히 응해야 할 의무이다."

"끄응."

앓는 소리를 내는 오크를 뒤로하고 대전사가 있는 곳으로 치달리는 오크. 그런 오크의 뒷모습을 바라보다 이내 자신을 향해 달려오는 용병들을 향해 날카로운 송곳니를 드러내며 으르렁거리는 검은색 눈동자의 오크.

"개새끼처럼 으르렁거리기는."

쒜에에엑!

공기를 찢는 듯한 소리가 들려왔다.

퍼억!

검녹색의 핏물을 흘리며 머리가 터져 죽어버린 오크. 하지만 그 오크를 죽인 자는 이미 그 자리에 없었다.

*　　　*　　　*

손톱만 한 달이 세상을 밝히는 어두운 밤.

그 어둠을 뚫고 일단의 무리가 빠르게 움직이고 있었다. 아니, 일단이라고 표현하기 어려울 정도의 대규모 머리였고, 그 속에는 몬스터도 포함되어 있었다. 아니, 대부분이 몬스터라고 할 수 있었다.

그 무리는 주변은 아랑곳하지 않고 어둠 속에서 빠르게 질주했다. 그리고 그들은 하나의 성 앞에 섰다.

쿠구구궁!

기다렸다는 듯이 도개교가 내려졌고, 무리는 거침없이 내려진 도개교를 건너 성안으로 진입했다. 거대한 회색의 다이어 울프 위에 앉아 무리를 이끌던 자. 그는 다름 아닌 뼈로 만든 투구를 뒤집어쓴 회색 오크였다.

그리고 그 회색 오크 앞으로 음침한 얼굴을 한 이가 나서며 허리를 숙여 입을 열었다.

"기다리고 있었습니다."

"몬스터들이 배가 고프다."

"언제든 학살하셔도 됩니다."

그에 검붉은 눈동자를 돌려 자신의 앞에 허리를 숙이고 있는 인간을 바라봤다.

"그래도 인간들의 영주인데 괜찮은가?"

회색 오크의 말에 인간 영주는 누런 이를 드러내 보이며 섬뜩한 미소를 떠올렸다.

"이미 모든 것은 그분께서 결정하신 일. 그분의 결정에 따를 뿐입니다."

"그런가?"

별로 공감하지 못하는 얼굴이다. 하지만 지금은 자신들에게 우호적인 인물임에 틀림없었다. 그가 손가락을 들어 보이자 그것이 명령이 되어 몬스터들이 일제히 사방으로 흩어졌다.

그 수가 족히 만을 헤아리니 분명 인간을 먹이로 삼을 생각인 것이다. 그럼에도 불구하고 영주라고 불리는 자는 음흉한 미소를 떠올릴 뿐, 그들을 제지할 생각조차 하지 않고 있었다. 그런 영주를 바라보며 입을 여는 회색 오크.

"그건 그렇고, 준비는?"

"언제든 출발하셔도 됩니다."

"좋군."

말을 마친 회색 오크는 거대한 다이어 울프의 옆구리를 차며 영주성 안으로 이동했다. 그 시각 영주성 주변의 마을에서는 때 아닌 몬스터의 습격이 있었다.

"아아아악!"

"살려줘어!"

"자경대! 자경대!"

"어떻게……."

"도망쳐! 도망치란 말이다!"

"으아아아앙!"

집이 무너지고 사람이 죽어갔다. 불에 타 죽은 사람, 몬스터의 공격에 갈가리 찢겨져 죽은 사람 등 한 마을이 온통 피와 죽음으로 물들어갔다. 자경대는 보이지 않았고, 몬스터를 경계해야 할 경비병조차도 보이지 않았다.

영지민들은 영문도 모른 채 몬스터의 한 끼 식사가 되어버렸다. 비단 이 한 마을만 그런 것이 아니었다. 영주성을 중심으로 사방으로 뻗어 있는 마을 곳곳이 몬스터들의 침입을 받아 사람이 살아가는 마을이 아닌 시체조차 남기지 못한 폐허가 되어가고 있었다.

하지만 그 소식은 주변으로 전파되지 못했다. 왜냐하면 전파되기도 전에 일단의 몬스터들이 들이닥쳤기 때문이다. 이곳은 전방이 아닌 후방으로 많은 토벌이 이루어졌고 몬스터를 보기가 절대 쉽지 않았다.

그렇기 때문에 당연히 몬스터에 대한 대비가 허술했다. 물론 용병도 있기는 하지만 위험 지역이 아닌 후방 지역에 남아 있을 용병은 없었다. 돈이 되지 않는 지역이기 때문이다. 영지전이라도 있다면 모를까, 용병이 남아 있을 이유가 없었다.

그러하기에 더욱더 피해는 컸다.

"막아! 막으란 말이다!"

"후퇴! 후퇴하라!"

막으라는 자, 후퇴하라는 자, 도망치는 자, 맞서 싸우는 자.

그러나 모두 한 가지로 귀결되었다. 그것은 바로 죽음이었다. 몬스터가 몰려왔다. 후방 지역에서는 전혀 볼 수 없는 몬스터가 각 영지를 공격하기 시작했다. 서부, 중부, 남부, 동부까지 전 지역에 동시다발적으로 몬스터들이 등장해 제국을 혼란에 빠뜨렸다.

처음 제국은 그럴 수도 있다는 식으로 각 영주들에게 재량껏 몬스터들을 토벌하라고 명령을 하달했다. 하지만 어느 순간 몬스터들은 결코 영주들이 재량껏 개인적으로 해결하는 수준을 넘어섰고, 지금까지 보지 못한 패턴으로 공격해 오는 몬스터들에 의해 당황할 수밖에 없었다.

"저게… 몬스터라고?"

"몬스터가 생각을 해?"

"이게 도대체 어떻게 된 일인가?"

믿을 수 없었다. 몬스터들은 작전을 구사하고 있었다.

그리고…….

"죽음의 때가 도래했다."

"어떻게 말을?"

"왜? 몬스터는 인간의 언어를 할 줄 모를 줄 알았더냐?"

"있을 수 없는 일이다."

"인간은 오만하지. 그 오만이 결국 인간을 죽음의 구렁텅이로 이끌 것이다."

"안 돼!"

서격!

피분수를 일으키며 기사와 귀족이 한꺼번에 죽음을 맞이했다.

* * *

"도대체 이것이 어찌 된 일이오?"

제국의 황도.

그중 가장 구중심처에 존재하는 거대한 황궁에서 귀족들이 모인 가운데 당대의 제이니스 제국의 황제가 노기 띤 얼굴로 귀족들을 향해 일갈을 날리고 있었다. 그 이유는 초기에 각 지역에서 동시다발적으로 일어난 몬스터의 침입에 대해 가볍게 대처했기 때문이다.

사실 황제 역시 마찬가지였다. 몬스터의 위협은 언제나 있어 온 것이고, 단지 몬스터가 출몰하는 지역이 이전에는 전혀 출몰하지 않던 지역이기에 그저 귀족들이 하는 양을 지켜보고 있었을 뿐이다.

그런데 일이 점점 커졌다. 하잘것없는 몬스터가 아니었다. 순식간에 몇 개의 영지가 몬스터들에 의해 점령당했고, 그 와중에 몬스터의 움직임이 조직적이라는 것에 당황하지 않을 수 없었다.

"꿀 먹은 벙어리처럼 가만히들 있지 말고 대책을 말하란 말이오, 대책을!"

"전국에 비상소집령을 내리시는 것이 옳을 듯싶사옵니다."

"에퀘스의 성역과 바벨의 탑에 도움을 요청하는 것도 하나의 방법일 것입니다."

"용병들을 대거 고용하는 것은 어떠하실지……."

그에 여기저기에서 조심스럽게 방안을 내놨다. 그에 황제는 슬쩍 자신의 좌우에 자리하고 있는 바티스타 제1 공작과 베나비데스 제2 공작을 바라봤다. 황제의 시선을 받은 바티스타 제1 공작이 고개를 살짝 숙인 후 진중하게 자신의 의견을 내놓았다.

"우선 비상령을 내리시고 중앙군을 파견하셔야 하옵니다."

"중앙군을 말인가?"

"현 상황을 보건대 북부 지역의 병력을 빼낼 수는 없고, 동부, 서부, 남부의 병력 중 일부를 각 지역으로 분배함과 동시에 전쟁 용병들을 모집해야 할 것이옵니다."

"좋소, 그리하도록 하시오. 그리고……."

말을 흐리면서 베나비데스 제2 공작을 바라보는 황제. 그에 베나비데스 제2 공작 역시 고개를 숙이며 나직하게 입을 열었다.

"이미 바벨의 탑에 공문을 보내 긍정적인 답변을 받았사옵니다."

"긍정적인 답변이 문제가 아니라 얼마의 원조를 해오느냐가 문제이지 않겠소?"

"그야 그렇지만……."

"또한 바벨의 탑을 구성하는 모든 마탑에서 원조를 해오지는 않을 것 아니오?"

"오는 것이 있으면 가는 것이 있어야 하지 않겠사옵니까?"

베나비데스 제2 공작의 말에 못마땅한 얼굴을 하는 황제였다. 언제나 이런 식이었다. 제국의 안위는 마법사들에게 아무런 위협도 되지 않았다. 바벨의 탑은 반드시 조건부로 제국의 일에 참여했다.

그래서 마음에 들지 않았다. 물론 에쿼스의 성역에 있는 일곱 개의 기사 가문도 마찬가지겠지만, 그들은 제국의 국가적인 재난에 있어서는 구국의 결단을 할 줄 알았다. 물론 그렇다고 해서 대가를 바라지 않는 것은 아니었다.

하지만 사람이라는 것이 '아' 다르고 '어' 다르듯이 조건을 먼저 내세우는 것과 그 조건을 상대방에게 위임하는 것은 천양지차이다. 제국 역시 그들이 소중함을 잘 알고 있기에 결코 섭섭하게 대접하지는 않았다.

그럼에도 불구하고 바벨의 탑은 오만하고 독선적으로 제국을 대하였으며, 탑주를 마치 황제처럼 대하니 제국의 황제 입장에서 본다면 결코 곱게 보이지 않았다. 거기에 황실 마탑을 담당하고 있는 베나비데스 제2 공작 역시 그들과 별반 다르지 않은 행동을 하고 있으니 마음에 들지 않을 수밖에 없었다.

"언제 내가 그들을 섭섭하게 대한 적이 있던가?"

"그것은 아니옵니다만 맺고 끊는 것이 확실한 마탑인지라……."

"맺고 끊는 것이 확실한 것이 아니라 나를 믿지 못하는 것이겠지."

"커흠… 설마 그럴 리가…….'

"뭐, 어쨌든 상관은 없겠지. 원조를 해준다면야. 그래, 그 원조를 언제까지 해준다고 하였소?"

"어… 음… 그게…….'

아직 결정된 바가 없는 것이다. 어쩌면 바벨의 탑을 구성하는 각 마탑에서 답이 오지 않았을지도 모른다.

"시일이 정해지면 알려주시구려. 그리고 들자 하니 용병왕이 탄생했다고 하던데 말이지요."

"그렇사옵니다."

황제의 물음에 즉각 답하는 바티스타 제1 공작.

"문제는 없겠소?"

"오히려 지금의 상황에서는 그 존재가 도움이 되지 않을까 하옵니다."

"도움이 된다?"

"일일이 용병단을 찾아 공문을 발송할 필요가 없기 때문이옵니다. 그들의 주 거점이 플랑드르이고, 플랑드르는 플람베르 가문과 붙어 있어 두 가지 일을 한꺼번에 해결할 수 있으니 현 상황에 대해 조금 더 빨리 대처할 수 있기 때문이옵니다."

"오호, 그렇군."

"그러나 천한 용병 주제에 감히 칭왕을 하니 이것은 결코 인정할 수 없는 일이옵니다."

"기사들은 에퀘스의 성역이라 하여 그들의 수장을 칸이라 칭하고 있고, 마법사들은 바벨의 탑이라 하여 그들의 수장을 로드라 칭하고 있소. 용병들이 천하다고는 하나 이 제국에 용병의 수가 대체 얼마요?"

바티스타 제1 공작은 자신의 말에 반박하여 말하는 베나비데스 제2 공작의 말에 다시 한 번 발끈하며 말했다. 그 역시 귀족이고 용병에 대해 그리 좋은 감정을 갖고 있는 것은 아니었지만 최근 들어 그의 생각은 조금씩 바뀌고 있었다.

그 이유는 바로 자신으로부터 얼마 떨어지지 않은 자리에 앉아 있는 아우슈반츠 백작 때문이었다. 아우슈반츠 백작이 황제파에 몸을 담은 지는 1년이 조금 넘은 상황이다. 하지만 그 1여 년 동안 아우슈반츠 백작은 황제파에서 상당한 입지를 다졌다.

그 이유는 물론 그가 젊은 나이에 소드 마스터에 오른 이유도 있지만, 중요한 것은 변방에 있음에도 불구하고 살게라스 산맥이 있는 동부 대부분의 귀족들에게 절대적인 지지를 받고 있기 때문이다.

결정적으로는 오랫동안 정체되어 있던 바티스타 제1 공작과의 실전과도 같은 대련 덕분이기도 했다. 당시 황실 근위기사단 전원과 황제까지 참관한 상태였다. 물론 귀족파에게는 알리지 않고 비밀리에 치러졌다.

그 이유는 귀족파와 황제파가 첨예하게 대립하고 있는 상황에서 소드 마스터에 오른 귀족을 내줄 수는 없었기 때문이다. 황제 역시 지금 귀족파와 황제파가 나눠져 있다는 사실을 너무나도 잘 알고 있기 때문에 많은 관심을 가지고 아우슈반츠 백작의 영입을 주시했다.

그리고 그 영입은 성공적이었다.

제국에서 오랫동안 최정상의 자리에 위치해 있었고, 정체되어 있던 바티스타 제1 공작과 실전과 같은 대련에서 전혀 밀리지 않았다. 아니, 오히려 압도했다고 해도 과언이 아니었다. 그 이유는 바로 바티스타 제1 공작과 실전과 같은 대련을 마친 후 곧바로 황실 근위기사단장과의 대련에서 나타났다.

바티스타 제1 공작과의 대련에서는 그저 소드 마스터인 줄 알았다. 뛰어난 실력을 가진 젊은 소드 마스터 말이다. 하지만 드미트리우스 존스 황실 근위기사단장과의 대련에서는 달랐다. 알려지지는 않았지만 이미 존스 황실 근위기사단장은 바티스타 제1 공작보다 더 강력한 마스터였다.

조금의 깨달음만 있다면 그레이트 마스터에 오를 그런 실력자였다. 그런 존스 황실 근위기사단장을 맞이해 그는 한 치의

밀림도 없었고, 어떤 면에서는 그를 압도했다고 해도 과언이
아닐 정도였다.

존스 황실 근위기사단장과의 대련이 끝난 이후 그가 물었
다.

"혹시……."

"운이 좋았습니다."

"허어~"

존스 황실 근위기사단장은 감탄했다. 그리고 그것은 바티스
타 제1 공작 역시 마찬가지였다. 그 둘은 그가 그저 소드 마
스터인 줄만 알았다. 하지만 존스 황실 근위기사단장이 확인
해 본 바로 그는 소드 마스터가 아니었다.

그레이트 마스터였다.

그래서 놀란 것이다. 그냥 놀란 정도가 아니라 심장이 튀어
나올 듯이 놀랐다. 그에 황제는 무엇인지 몰라 어리둥절했다.
그런 그에게 조용히 상황을 알려주는 바티스타 제1 공작.

그에 황제 역시 놀란 표정을 지어 보였다. 그러다 문득 알겠
다는 듯이 고개를 끄덕였다. 변방에 있는 귀족이라면 어쩌면
자신을 숨기는 것이 당연한 일이다. 그리고 황제파에 소속됨
으로써 그 핵심 요인들에게 자신의 실력을 보여주는 것 역시
마찬가지였다.

'훌륭하군.'

지력과 무력을 동시에 겸비한 귀족이라니. 이것은 황제에게 상당히 기꺼운 존재였다. 물론 걱정이 되기도 했다. 만약 배신을 한다면 그것은 진심으로 감당할 수 없기 때문이다.

그런 황제의 경계심을 알았을까? 아우슈반츠 백작이 나직하게 입을 열었다.

"충성을 다할 것입니다."

"하지만 인간의 마음이란 갈대와 같아서 언제든지 변할 수 있지요."

"물론 저 또한 인간이기에 변하지 않는다고는 할 수 없사옵니다."

"그래, 그 말이 정답이겠지. 정치라는 것은 영원한 아군도 영원한 적군도 없음이니."

"그렇사옵니다."

"하지만 그래서 더 믿음이 가오. 스스로가 변할 수 있다는 것을 알고 스스로 경계함에 말이오."

"믿어주셔서 감사하옵니다."

"아니, 아니, 백작과 같은 귀족이 나에게 힘을 실어주는 것이 오히려 더 고마운 일이지."

"……"

황제의 말에 조용히 예를 취하는 아우슈반츠 백작.

"한데 전대 백작께서도 마스터라고 하던데……."

존스 황실 근위기사단장의 물음에 아우슈반츠 백작은 담담하게 입을 열었다.

"아버지께서는 저보다 뛰어나십니다."

"허어~ 그것이 정말인가?"

"그렇습니다."

"대단하군. 언제 한번 뵐 수 있으면 좋겠군."

"아쉽지만 그것은 좀 어려울 듯싶습니다."

"무슨 일이 있는가?"

"다시 용병이 되셨기 때문입니다."

"용병이?"

문득 바티스타 제1 공작은 보고서에 올라온 구절을 떠올렸다. 공을 세워 귀족이 되었고, 영지는 변방으로 결정되었다. 그 이유는 살게라스 산맥이라면 귀족에게는 무덤이라고 불릴 정도의 지역이었기 때문이다.

"으음……."

용병으로서 귀족이 되었지만 그 태생적인 문제로 인해 기득권에 낄 수 없는 애매한 수준의 귀족이라 할 수 있었다. 그럼에도 불구하고 살게라스 산맥에 인접한 귀족들을 규합하고 그들의 절대적인 지지를 받으며 부자 모두 그레이트 마스터에 이르렀으니 실로 대단하다 할 수 있었다.

그들의 생각에 용병은 그저 천한 존재일 뿐이었다. 하지만 지금 이 상황에서 그들을 천하다 할 수는 없었다. 아우슈반츠 백작 가문의 모태가 되는 것이 용병이었고, 아직까지 제국에 존재하지 않은 그레이트 마스터에 올랐기 때문이다.

순간 세 사람은 할 말이 없어졌다. 지금 이 상황을 어떻게 풀어나가야 할지 몰랐기 때문이다. 그도 그럴 수밖에 없는 것이 상대는 소드 마스터도 아닌 제국에서 두 명뿐인 그레이트 마스터였다.

"어려워하실 필요 없습니다. 그저 용병들을 인정해 주시면 됩니다."

단순하게 바티스타 제1 공작에게 하는 말이었지만 그 말은 황제와 존스 황실 근위기사단장 등 이곳에 참관한 모두에게 한 말과 같았다.

"용병들을 인정한다?"

"따지고 보면 용병의 수는 상당히 많습니다. 그리고 비천한 자도 있지만 그 신분이 실로 대단한 자들도 있습니다."

"그렇기는 하지만 절대 다수가… 비천하기는 마찬가지 아닌가?"

"그것은 그렇게 생각하고 대하기 때문이 아닐까 합니다."

"그도 그렇지만……."

"그렇다면 달리 생각하시는 것은 어떻습니까?"

"달리 생각한다?"

"만약 용병들을 황제 폐하의 편으로 끌어들인다면 어떻겠습니까?"

"용병들을?"

"그렇습니다. 용병들은 실제 제국민입니다."

"그야 그렇지만……."

"제국민과 가장 밀접하게 관계된 이들이 바로 그들입니다."

"그건… 그렇군."

"그들을 끌어들인다는 것은 제국민을 끌어들인다는 것과 같습니다."

"그렇군."

"인정하기 싫으실지 모르겠으나 제국의 힘은 귀족에게서 나오는 것이 아니라 제국민에게서 나옵니다. 제국민이 없으면 군대도 없을 것이고, 제국민이 없으면 귀족도 없습니다. 그들이 있기에 이 모든 것이 가능하게 된 것입니다."

"크흐음."

여지없이 불편한 표정이 되어버리는 세 사람이다. 하지만 아우슈반츠 백작은 멈추지 않았다.

"제국을 건국할 당시 건국 황제 폐하를 생각해 보시면 됩니다. 초대 황제 폐하를 따르는 귀족과 기사가 있었지만 초대 황제 폐하를 절대적으로 지지한 것은 귀족과 기사들이 아닌 평민과 노예, 부랑자들이었습니다."

"그건……."

부정할 수 없는 사실이다. 하지만 애써 외면한 사실이다. 세 사람은 마치 자신들의 감춰진 치부를 드러내는 것 같은 느낌이 들었다. 하지만 가슴속에는 아우슈반츠 백작의 의견에 반발하는 생각이 튀어나오고 있었다.

귀족은 귀족이고 기사는 기사이다. 평민이 귀족과 기사를 뛰어넘을 수는 없었다. 그 신분의 벽을 허물 수는 없었다.

"신분의 벽을 허물라는 것이 아닙니다. 그들을 끌어안아야 한다고 말하는 것입니다."

"그것이 대체 무슨 말이오?"

"일방적이지 않고 제국민으로 인정해 주는 것입니다."

"지금까지 그래왔소."

"그러면 정말 평민과 용병들이 그렇게 생각하고 있다고 생각하십니까? 제국에 환란이 닥치면 분연이 일어서는 그들이지만 정작 제국은 그들을 그저 노예보다 조금 높은 신분이고, 귀족들을 먹여 살리는 존재일 뿐이지 않았습니까?"

"그건……."

아닌 게 아니라 그랬다. 평민은 그런 존재였다.

"어떻게 그들을 끌어들인단 말이오?"

"간단합니다."

"간단하다?"

"그렇습니다. 아니, 가장 어려울 수도 있을 것입니다."

"어렵고도 간단하다… 일단 들어보도록 하겠소."

제이니스 황제는 침착하게 아우슈반츠 백작의 말을 듣고자 했다.

"용병왕을 인정하면 됩니다."

"……."

세 사람은 일제히 할 말을 잃었다. 이게 무슨 말도 안 되는 소리인가? 용병왕을 인정하라니. 천하디천한 용병들의 왕을 인정하라니. 도저히 믿을 수 없는 말이었다.

"용병… 왕을 인정한다?"

"그렇습니다."

"흐음."

깊은 숨을 내쉬는 제이니스 제국의 황제.

"자네들은 어떻게 생각하나?"

작위나 직위를 부르지 않고 자네들이라고 했다. 이는 사심 없이 있는 그대로의 의견을 듣고 싶다는 말일 것이다.

"문제될 것 없다고 생각합니다."

"이유는?"

"작위를 주는 것도 아니고 직위를 주는 것도 아닙니다. 하지만 그로 인해서 용병들을 끌어들일 수 있고 민심을 황제 폐하 쪽으로 이끌 수 있습니다. 민심이 흐르는 방향에 권력이 있음을 아시리라 믿습니다."

"으음."

바티스타 제1 공작의 말에 고개를 끄덕이는 황제. 황제는 슬쩍 존스 근위기사단장을 바라보았다. 존스 근위기사단장 역시 고개를 끄덕이며 바티스타 제1 공작의 말에 긍정하는 표정을 지어 보였다.

하긴, 나쁘지 않았다. 지금의 상황을 보자면 귀족파에게 살짝 밀리는 느낌을 받고 있었다. 말이 살짝이지, 실제로는 많은 면에서 귀족파에 밀리는 것이 사실이었다. 그래서 이 상황을 역전시킬 방법을 생각하고 있었으나 뾰족한 방법이 없었다.

하지만 이 하나로 역전시킬 방법이 생긴 것이다. 귀족들을 끌어들이는 것이 아니라 평민들과 용병들을 끌어들이는 것은 그야말로 획기적인 방법이었다. 사실 조금만 생각해 보면 그리 큰 문제가 아니었음에도 불구하고 단단하게 굳어진 생각은 그 방법을 생각해 내는 것을 방해하고 있었다.

그것을 지금 아우슈반츠 백작이 알려준 것이다. 그리고 그때의 상황을 떠올린 황제와 바티스타 제1 공작, 그리고 황실 근위기사단장은 자신도 모르게 고개를 끄덕이며 입꼬리를 말아 올릴 수밖에 없었다.

본시 귀족파는 용병들을 무시하고 있었기 때문에, 그저 부랑자와 다를 게 없다고 여기고 있었기 때문에 별다른 반대를 하지 않았다. 아무리 양이 많다고 해도 오거 한 마리를 감당할 수는 없는 법이다.

그렇기 때문에 용병왕을 인정하자는 말을 했을 때 귀족파의 귀족들은 코웃음을 쳤다. 용병왕이라니 어디 그게 가당키나 한 말인가? 있어도 그만, 없어도 그만인 존재가 바로 용병이다.

"베나비데스 공작은 어떻게 생각하시오?"

"나쁘지 않다고 생각하옵니다."

그에 황제는 의미심장한 웃음을 떠올렸다. 그에 베나비데스 공작은 살짝 눈살을 찌푸렸다. 도무지 그 속내를 알 수 없었기 때문이다.

'두고 보면 알겠지.'

일단 지금의 상황은 자신들에게 유리했다. 귀족 자체적으로 몬스터를 방어하라는 것은 병권이 쥐어진다는 것을 의미한다. 병권을 가진다는 것은 황실에 반하는 단체 행동이 가능하다는 것을 의미했다.

어쨌든 나쁘지 않은 조치였기에, 아니, 오히려 귀족파에게 좋은 결정이었기에 약간의 미심쩍은 생각을 접을 수 있었다. 그렇게 회의는 종료되었고, 제국은 비상체제로 돌아가기 시작했으며, 황명을 전달하기 위해 제국 곳곳으로 내달리기 시작했다.

"황제 폐하의 서신이라고요?"

"그렇소."

"무슨 내용인지 아시오?"

"저는 그저 전달할 뿐입니다."

"그렇소?"

길버트는 슬쩍 자신의 앞에 있는 귀족을 바라보다 이내 황제의 서신을 꺼내 읽어보기 시작했다. 그는 서신을 끝까지 읽은 후 고개를 끄덕이며 물었다.

"정말 서신을 전달할 뿐이오?"

"그렇……."

"그럼 내가 하든 말든 상관없다는 말이구려."

"그게 무슨……."

"이 서신의 내용도 모르고 그냥 서신만 전달하는 역할이라면 이 자리에 아직 있을 필요는 없잖소."

"그야……."

"나를 시험에 들게 하지 마시오. 나는 에퀘스의 성역의 2좌인 플람베르 가문의 소가주요."

"크흠."

무안한지 헛기침을 하는 귀족. 그에 길버트는 서신을 옆으로 치우며 물었다.

"원하는 것이 뭐요?"

"……"

말을 아끼는 귀족. 길버트는 말없이 그가 입을 열 때까지 기다리기로 했다. 시간이 흘렀음에도 불구하고 서신을 가지고 온 귀족은 말이 없었다.

"이만 돌아가야 하겠소. 나의 임무는 그저 서신을 전하는 것뿐이오."

"그렇구려. 그럼 배웅은 않겠소. 공무가 바빠서 말이오."

"…그러시구려."

귀족은 불쾌한 듯한 표정을 지어 보이며 자리에서 일어났다. 그런 귀족을 미묘한 표정으로 바라보는 길버트 소가주. 그가 완전히 사라지고 한참이 지나서야 길버트 소가주는 나직하게 입을 열었다.

"이제 그만 나와도 될 것 같소만."

"알고 계셨습니까?"

"뭐… 어느 정도는."

"역시 에퀘스의 성역의 2좌인 플람베르 가문을 이끄는 소가주답습니다."

"공치사는 그만두고 왜 두 사신이 본 소가주를 찾아왔는지

부터 설명하는 것이 옳다고 생각이 듭니다만."

"황제 폐하의 칙서입니다."

그러면서 새롭게 모습을 드러낸 기사 복장을 한 자가 조심스럽게 고풍스러운 두루마리 양피지를 길버트 앞에 내놓았다. 길버트는 고개를 끄덕이면서 역시 조심스럽게 인장을 뜯고 양피지를 열어 내용을 읽기 시작했다.

그는 끝까지 다 읽은 후 두루마리 양피지를 조심스럽게 말고 자신의 앞에 선 기사를 바라보며 입을 열었다.

"누구시오?"

"살게라스의 아우슈반츠 갈릭 백작입니다."

"흐음, 먼 곳에서 오셨습니다."

"그렇게 되었습니다."

"황도에서 회의가 있다고 하더니 거기에 참석한 모양이구려."

"역시 플람베르 가문의 이목을 속일 수는 없군요."

"에퀘스의 성역과 황실이 서로 불간섭이기는 하지만 가장 신경을 써야 할 부분이니 어쩔 수 없지 않소."

"하긴 그렇군요."

"일단 그렇게 서 있지 말고 앉으시오. 대화가 길어질 것 같으니 말이오."

"그렇게 하지요."

그에 자리에서 일어선 길버트가 집무실의 책장 한쪽을 만지자 책장이 스르르 옆으로 밀려났다. 그럼에도 불구하고 아우슈반츠 백작은 놀라지 않았다. 그런 이유는 이런 장치쯤은 대영주의 작위를 가지고 있는 귀족이라면 다들 있을 법한 비밀 장치이기 때문이다.

책장 안으로 들어오자 책장은 다시 원래의 상태로 돌아갔다. 책장 안의 공동은 소박하게 꾸며져 있었다. 아우슈반츠 백작에게 자리를 권한 길버트는 직접 차를 타기 시작했고, 아우슈반츠 백작은 묵묵히 자신의 자리를 지켰다.

차가 나오고 길버트가 아우슈반츠 백작의 맞은편에 앉았다. 둘은 동시에 찻잔을 들고 차를 음미했다. 한참의 적막과 같은 침묵이 흐른 뒤 마침내 길버트가 입을 열었다.

"백작이 직접 밀사로 온다는 것은 쉽지 않을 터인데 말이오."

"아론 님을 아십니까?"

"아론? 그 친구는 왜?"

"아버지의 친구 되시는 분입니다."

"허참, 발도 넓군. 언제 거기까지 갔는지 모르겠군."

길버트가 투덜거리듯 말했다. 하지만 아우슈반츠 백작은 그 말 속에서 숨길 수 없는 따뜻함을 느낄 수 있었다.

"그래, 내가 무엇을 도와주면 되겠소?"

순식간에 변했다. 단지 아론이라는 이름이 나왔을 뿐인데 말이다. 하지만 아우슈반츠 백작은 그 마음을 충분히 인정할 수 있었다. 그 이유는 아론이라는 사람의 특유의 친화력 때문이기도 했고, 무언가 신뢰를 주는 의미를 가지고 있었기 때문이다.

그러하기에 그 이름이 나옴과 동시에 모든 상황이 정리되어 버렸다.

"황제 폐하께서는 용병왕과 용병들의 대지를 인정해 주신다 하셨습니다."

"흐음, 그거 황제 폐하의 생각인가?"

길버트는 어느새 편하게 대화를 진행했다. 백작의 부친과 친구였지만 자신과도 친구였다. 순서를 따지자면 자신이 먼저였다. 어쨌든 그것이 오히려 대화를 이끌어가는 부분에 있어 더 편하기 때문이기도 했다.

"아닙니다."

"그럼 자네 생각인가?"

"그것도 아닙니다."

"그럼 아론 그 친구의 생각이로군."

"그렇습니다."

"그 친구도 참."

새삼스럽지도 않다는 듯이 말하고 있지만 그 속에는 친구로서 숨길 수 없는 자부심 비슷한 것이 숨겨져 있었다. 생각해 보면 별것 아님에도 불구하고 괜스레 뿌듯한 느낌이 드는 것은 어쩔 수 없는 현상일 것이다.

친구 하나 잘 둬서 대우를 받고 있으니 말이다. 에쿼스의 성역이 아무리 강력한 힘을 가지고 있다 할지라도 대영주의 반열에 올라 있는 백작이 직접 밀사로 오는 경우는 드물었다. 아니, 거의 없다고 해도 과언이 아니다.

그에 길버트는 슬쩍 입꼬리를 말아 올리면서 입을 열었다.

"적극 동참하지."

"조건은……."

"물론 서신에 적혀 있는 대로 행해져야겠지."

"그래도 되겠습니까?"

"친구의 조언도 있었지만 난 자네를 믿은 마음이 더 크다고 할 수 있네."

"절 믿는 바가 크시다……."

"자네는 그저 변방의 대영주로만 만족할 텐가?"

"…아닙니다."

그럴 생각이었으면 황제파에 소속되지도 않았을 것이다. 그리고 다른 사람이라면 몰라도 지금 자신의 앞에 있는 사람을 속일 수는 없다고 생각했다. 느낌상 비슷한 수준이라고 여겨졌다. 또한 그 비슷함 속에서 깊은 연륜을 느낄 수 있었다.

마치 자신의 아버지를 대하는 것 같은 그런 느낌이다. 같은 수준이라고 해서 모두 같은 것은 절대 아니었다. 수준이 낮을 때는 모르지만 수준이 올라가면 올라갈수록 한 단계, 혹은 종이 한 장 차이의 수준은 그야말로 하늘과 땅 차이이다.

"자네라는 사람을 믿는 바도 있지만 자네의 가슴속에 있는 야심을 믿는 바도 크네. 자고로 야심이 큰 자는 스스로 이용할 수 있는 수단을 버리는 법이 없거든. 물론 결국에 가서는 토사구팽이 이뤄지겠지만 힘이 필요로 한 상황이라면 절대 배신하지 않지."

"그렇군요."

담담하게 길버트의 말을 인정해 버리는 아우슈반츠 백작. 그런 그를 보며 고개를 끄덕인 길버트가 다시 입을 열었다.

"그리고 그 친구가 결코 사람을 잘못 보지 않았을 거라는 믿음이 더 크기도 하고."

"그분을… 믿으시는군요."

"지금의 내가 있기도 하니까. 한 가지 묻겠는데, 사람과 몬스터가 다른 것이 뭔지 아나?"

"생각입니까?"

"그럴 수도 있겠지. 하지만 나는 말이네, 은혜를 알고 모르고의 차이라고 생각하네. 곧 그 은혜를 갚고 안 갚고의 차이겠지."

"은혜를 배신으로 갚거나 은혜를 모르는 놈은 사람이 아닌 몬스터란 말입니까?"

"그렇지. 대충 그런 놈들을 배신자라고 하지 않나?"

"그렇군요. 소가주께서는 저를 배신하지 않을 사람으로 보시는군요."

"소가주는, 무슨 그냥 백부라고 불러."

"알겠습니다, 백부님."

그에 입꼬리를 말아 올리는 길버트.

"제법 처세도 할 줄 아는군."

"백작이라는 자리는 거저 유지할 수 있는 자리가 아니지 않습니까?"

"그도 그렇군. 어쨌든 앞으로 잘 부탁하네."

"그 말은 오히려 제가 해야 할 말일 듯싶습니다."

"뭐 어떤가? 내가 보기에 자네와 나, 둘 다 큰 목표는 같은 것 같은데. 내가 잘못 생각한 것인가?"

"용병의 꿈이라면 틀리지 않았습니다."

"그래, 그렇군. 역시 내가 잘못 보지는 않았군."

"그런데……"

말을 흐리는 아우슈반츠 백작.

"우리 가문과 우호 관계에 있는 가문은 스피리투스 가문과 포세이두스 가문이네."

"두 가문만입니까?"

"뭐, 가주님께서 성격이 좀 까다로워서 말이야. 내가 노력한다고 하긴 했지만 좀처럼 돌아서지 않는구만."

특히나 엘리오스 가문 같은 경우는 군문에 투입했을 당시부터 약간의 불협화음이 존재했다. 회색의 숲을 정찰하기 위해 꾸려진 정찰 백인대에서 자신의 부관으로 참여한 조나스 픽스틴이 자신 때문에 죽은 것으로, 아니 자신이 죽인 것으로 되어 있었다.

조나스 픽스틴은 엘리오스 가문의 방계 중 첫 번째 가문이라 할 수 있는 픽스틴 가문의 장자였다. 지금까지는 조용하지만 그들은 분명 이를 갈고 있을 것이 분명했다. 비록 엘리오스 가문이 에퀘스의 성역에서 5좌에 속해 있지만 에퀘스의 성역에 포함된 일곱 개의 가문 중 어디 만만한 가문이 있던가?

1좌를 제외하고는 거의 대부분이 종이 한 장 차이의 실력을 가지고 있었다. 물론 그 종이 한 장 차이를 극복하지 못해 수백 년의 시간이 흐르고 있기는 했다. 뭐 그래도 크게 상관은 없었다. 지금의 플람베르 가문은 현존하는 어떤 가문보다 강력한 무력과 경제력을 가지고 있다고 봐도 무방했다. 그랜드 마스터와 그레이트 마스터, 그리고 약간의 민폐와 비슷한, 그러니까 내부의 잘못된 정보를 흘리고 있는 간자가 있기는 하지만 그것은 언제라도 처치 가능한 존재이기에 그 부분을 제외하면 하나로 똘똘 뭉친 상황이라 할 수 있었다. 지금의 상황이라면 오랫동안 1좌의 자리를 고수해 온 굴카마스 가문마저 충분히 따돌릴 수 있었다.

길버트는 자신감이 충만하기는 했지만 그렇다고 과도하게 자만심을 가지지는 않았다. 상대방에 대한 정확한 분석과 판단 하에 이뤄진 확신이라고 할 수 있었다. 그런 확신은 은연중에 그의 행동에 묻어나 있었으니 아우슈반츠 백작 역시 피부로 느낄 수 있었다.

"외람되지만……."

아우슈반츠 백작이 말을 마치기도 전에 길버트는 벌써 일어서고 있었다. 그에 아우슈반츠 백작은 그의 행동이 무엇을 의미하는지 몰라 어리둥절해했다. 길버트가 그를 내려다보며 말했다.

"안 갈 텐가?"

"어디를……."

"왔으니 몸 좀 풀어봐야지."

길버트의 말에 흰 이를 드러내며 웃는 아우슈반츠 백작. 이런 걸 두고 불감청 고소원이라고 해야 할 것이다. 오히려 바라던 바였다. 다만 초면이라 겨루자는 말이 쉽게 나오지 않았을 뿐이다.

한데 길버트는 그런 아우슈반츠 백작의 마음을 너무나도 잘 안다는 듯이 먼저 말을 꺼냈다. 기실 아우슈반츠 백작 정도 되면 마음 놓고 대련할 상대를 찾기가 하늘의 별 따기보다 어렵다.

그런데 자신보다 강할지도 모를 존재를 만났으니 당연히 호승심이 일어날 것이고, 자신 또한 아우슈반츠 백작의 실력이 어느 정도인지 궁금하기도 했다.

CHAPTER 4

공개

"와아아~"

"돌겨억! 돌격하라!"

"한 마리도 남김없이 쓸어버려라!"

"죽어라, 이 몬스터 새끼야!"

"살았다! 우린 살았어!"

"우와아아아악!"

동부군 전선에 북부 방면군 정예 병력이 밀어닥쳤다. 갑작스럽게 나타난 용병왕이라는 존재와 정예 병사보다, 아니, 뛰어난 기사보다 강력한 용병들이 모습을 드러냄에 패색이 짙던 전선에 활력이 돌며 몬스터들을 밀어붙여 전선을 위로 끌어 올리고 있었다.

그런데 엎친 데 덮친 격으로 북부 방면군의 정예 병력이 들이닥쳤다. 그에 몬스터들과 오크들은 우왕좌왕할 수밖에 없었다. 몬스터들은 오크들의 명령을 받았고, 오크들은 지휘부의 명령을 받았다.

하지만 지휘부를 비롯해 이곳을 담당하는 오크 족장과 대전사가 죽어버리자 지휘부가 제대로 작동하지 않게 되자 혼란이 가중되고 있었다. 그도 그럴 수밖에 없는 것이, 아론을 비롯해 이곳 전선에 참여한 용병단은 임페리움 용병단의 핵심이라 할 수 있을 정도의 대규모 병력이었다.

한마디로 이곳은 용병 군단이 완벽하게 장악하고 있었다. 그리고 그것을 알기라도 하듯이 북부 방면군 사령관이 직접 이곳을 찾았다. 그는 가장 선두에 서서 몬스터들을 주살해 나갔다. 그에 북부 방면군 정예 병사와 기사들이 미친 듯이 날뛰었다.

오히려 몬스터보다 더 잔인하고 폭력적이며 광기가 흘렀다. 몬스터가 그렇듯 인간 역시 몬스터에게는 끝없는 적대감을 가지고 있기 때문이다. 그중 가장 선두에 선 레이날드 트로비스 공작은 이미 피 칠갑을 한 상태였다. 그 자신의 피가 아닌 바로 몬스터의 피로 말이다.

"크워어어억!"

"시끄럽다!"

울부짖는 몬스터의 광기에 젖은 함성을 단 한마디로 일축해 버리는 트로비스 공작. 그가 이끄는 기사들과 병사들은 그런 트로비스 공작의 행동에 용기백배하여 몬스터들을 주살해 나가기 시작했다.

세상에 어떤 귀족이, 그 어떤 사령관이 가장 선두에 서서 피를 뒤집어쓴 채 몬스터와 싸우겠는가.

콰아아앙!

"키에에엑!"

퍼벅!

후드드득!

굉음이 터지고 몬스터가 피떡이 되어 사방으로 비산했으며, 트로비스 공작의 전신에 피와 살점이 엉겨 붙었다. 그에 트로비스 공작의 시선이 허공으로 향했다.

"이런, 이거 미안하군."

"큿. 일부러 그런 건가?"

"음, 정신 좀 차리라고."

허공에서 스르륵 떨어져 내린 사람은 다름 아닌 바로 아론이었다. 아론은 트로비스 공작의 말을 부정하지 않았다. 아론의 모습을 본 기사들과 귀족들이 인상을 찌푸리더니 이내 얼굴을 풀었다.

아론은 용병이지만 이미 트로비스 공작에게 인정받은 자였다. 그리고 그는 용병들의 왕이다. 이곳에 있는 수만의 이종족 용병들과 인간 용병들의 왕 말이다. 물론 그런 이들의 왕이라고 해서 달라지는 것은 없다고는 해도 그는 어떻게 보면 트로비스 공작의 스승과 같은 존재였다.

당사자는 그냥 얼어걸린 것이라고 했지만 그것을 지켜보던 귀족들과 기사들은 아니었다. 소드 마스터가 벽을 허물고 한 단계 더 뛰어오르는 것이 그저 우연히 얼어걸렸다는 것은 있을 수 없는 일이었다.

스스로 깨달았다면 몰라도 가르침을 내려 깨닫게 했다면 그것은 이미 의도적이라고 해도 과언이 아니다. 그리고 그것은 어떤 의미에서 상당한 의미를 가지고 있었다. 적어도 두 번째 벽을 허문 트로비스 공작보다 한참은 윗줄의 실력이라는 의미로 전해졌다.

아무리 용병이라 해도 소드 마스터라면 그 용병 자체를 무시할 수 없었다. 그런데 자신들이 존경해 마지않는 트로비스 공작의 오랜 염원인 벽을 허무는 것에 도움을 주었고 우연이 아닌 의도적이었다는 점에서 아론은 충분히 강자로서 존경을 받을 만한 자였다.

그들에게 있어 아론은 용병이 아니라 진정한 검의 황제라

할 수 있었다. 물론 마음속으로 말이다. 제국의 황제 폐하가 있음에 함부로 황제니 혹은 왕이라는 말을 할 수 없음은 당연하니 마음속 깊이 감춰둘 수밖에 없었다.

때문에 아론이 공작을 마치 아랫사람 대하듯이 한다 해서 결코 분개하거나 발작하지 않았다. 트로비스 공작 역시 그를 인정하기에 오히려 덤덤하게 고개를 끄덕이며 아론의 말을 받아들였다.

"내가 오랜만에 피에 취했나 보군."

"이해는 하는데 북부 방면군의 총사령관이자 한 제국의 공작이 보일 모습은 아니었지, 아마?"

"그런가? 뭐 그래도 어쩔 수 없지. 난 공작이기 전에 자신의 감정에 충실한 사람이니까."

"말은 참 잘하는군."

"말 잘한다는 소리는 자네가 처음이로군."

"귀족들이 다 멍청한가 보군."

"뭐 똑똑한 놈만 있는 것은 아니지."

"쯧, 놀리는 재미가 없군."

아론의 말에 검에서 검녹색의 몬스터 피를 가볍게 털어낸 트로비스 공작이 얼굴을 살짝 굳히며 말했다.

"황도에서 소식이 왔더군."

"소식이라… 몬스터인가?"

"그렇다고 하더군."

"제국인으로서 일인지하 만인지상의 위치에 있는 사람이 너무 남의 일처럼 말하는데?"

"마음에 안 드니까."

그에 아론은 무언가 짚이는 것이 있다는 듯이 고개를 끄덕이며 입을 열었다.

"병력을 빼라던가?"

"알고 있군."

"조금만 생각해 보면 떠올릴 수 있는 일이니까."

"상식적이지 않는데?"

"상식적이지 않게 생각하면 돼."

"그도 그렇군."

"그건 그렇고, 어떻게 할 생각인가?"

"명령이니까."

"따른다고?"

"그래야겠지. 안 그러면 지금의 상황을 이용하려는 귀족파가 더욱 득세할 테니까."

"북부 방면이 비겠군."

"그래서 말인데……."

"이것 봐, 난 용병이라고."

"그전에 제국의 신민이지."

"제국에 있다고 다 제국 사람은 아니지. 난 어디에서 태어났는지도 모른다고."

"용병왕으로 인정한다면 어떻겠나?"

"왕이라는 것이 혼자 인정한다고 해서 왕이 되는 것은 아니란 말이지."

"용병들의 대지까지 인정한다면?"

그에 놀랍다는 듯이 트로비스 공작을 바라보는 아론. 용병왕으로 인정하는 것이야 그저 칙서 하나 날리면 그만이다. 하지만 용병들의 대지는 다르다. 하나의 독립적인 지역이다.

마치 공작이 다스리는 공국처럼 말이다. 그것은 용병왕을 인정하는 것과는 사뭇 다르다 할 수 있었다. 물론 용병왕이라는 존재 자체가 상당히 위험한 존재이기는 했다. 하지만 용병왕이라는 존재의 인정은 언제든지 철회할 수 있었다.

그렇게 따지면 용병들의 대지도 역시 마찬가지지만 적어도 용병들의 대지는 아론이 살아 있는 동안은 어쩔 수 없을 것이다. 사람의 생각이란 한 세대를 거치게 되면 분명하게 달라질 수밖에 없으니까.

그런데 그런 위험을 감수하고 사람과 땅을 모두 인정한다는 것은 실로 파격적이라 할 수 있었다. 물론 용병왕이라는 것이 제국에서 인정하고 스스로 인정한다고 해서 용병왕이 되는 것은 아니다.

용병들도 인정해야만 하는 것이 문제였다. 문제는 제국에서 용병왕이라 인정한 아론과 하나의 창구로 이용한다는 것이다. 바로 아론이 용병왕으로서 제국과의 모든 협상을 진행하는 것이고 제국은 그를 공식적으로 인정하는 것과 같았다.

"문서화는?"

"그건 좀……."

"말로는 뭘들 못할까?"

"그도 그렇지만 이미 자네에게는 많은 사람이 있더군."

"많은 사람?"

"일단 서부의 유력 백작 가문이 있더군. 그 뭐냐, 아우슈반츠 백작이라고 하던가?"

"뭐, 내가 도움을 주기는 했지."

"그 아우슈반츠 백작이 바티스타 공작에게 도움을 준 모양이더군."

이건 또 뭔 소리인가? 아론은 속으로 뜨악한 생각이 들었지만 애써 담담한 모습을 유지했다.

'하! 이제는 한 다리 건너서 마스터를 만들어내나?'

속으로 한 말이지만 이건 마치 자신이 마스터 제조 공장 같은 느낌이 든 것은 사실이다. 그렇다고 얼굴에 드러낼 정도는 절대 아니었다. 그때 트로비스 공작이 품속에서 두루마리 양피지를 꺼내 아론에게 건넸다.

아론이 양피지를 보며 물었다.

"뭔가?"

"황제의 칙서."

아론은 황제의 칙서를 받아 들면서 슬쩍 입을 열었다.

"그런데 제국의 공작씩이나 되는 사람이 평민 부르듯이 황제를 부르면 되나?"

"뭐 어떤가? 안 보는 데서야 내가 뭘 어떻게 하든 알 게 뭔가?"

그에 아론은 피식 웃어버렸다.

제국의 제3 공작이면서 가장 강력한 무력을 지닌 트로비스 공작, 그리고 정치권에서 멀어지기는 했지만 북부 방면군 총사령관이라는 막강한 무력까지 가지고 있다. 이곳에서 그는 황제 못지않은 최고의 권력을 가진 자라 할 수 있었다.

그런 그가 이런 말을 하는 것을 다른 귀족들이 들었다면 분명 거품을 물고 말렸을 것이다. 왜냐하면 그 의도가 반역을 꽤하지는 않았지만 듣기나 해석에 따라서는 권좌를 욕심내는 것과 같은 말로 해석될 수 있기 때문이다.

하지만 아론은 그저 웃어버렸다. 그가 그레이트 마스터라면 결코 제국은 그를 홀대할 수 없을 것이다. 왜냐하면 아직 공식적으로 제국에 그레이트 마스터가 존재하지 않았기 때문이다.

물론 황제의 칙서를 다 읽고 그 뒤 한 부 더 첨부된 서신을 읽고 나선 제국에 두 명의 그레이트 마스터가, 아니, 세 명의 그레이트 마스터가 탄생했다는 것을 알게 되었지만 말이다.

"티르!"

칙서와 서신을 다 읽은 아론이 살짝 소리를 높여 외쳤다. 그에 멀리서 몬스터를 마치 장난감처럼 박살 내고 있던 자가 막 한 마리의 몬스터를 반으로 가른 뒤 허공으로 훌훌 날아올랐다.

"비켜라!"

그런 티르의 앞을 가로막는 몬스터들은 당연히 반으로 나뉘지거나 목이 없는 시체가 되어 널브러졌다. 티르는 그런 몬스터들을 툭툭 밟으며 허공으로 비산했고, 그때마다 서너 마리의 몬스터가 죽어나갔다.

실로 대단한 솜씨라 할 수 있었다. 그에 트로비스 공작은 강한 호기심을 드러내 보였다.

"누군가?"

"두 번째 서신의 주인공."

"두 번째 서신?"

그에 아론은 두 번째 서신을 흔들어 보였다.

"그건……."

"당대의 아우슈반츠 백작."

"그럼?"

"그 생각이 맞아."

그렇게 대화를 하고 있는 동안에도 몬스터와 회색 오크들을 마치 가을날 추수하듯 베어내 버린 티르가 아론의 앞으로 떨어져 내렸다.

"바쁜데, 왜?"

"자네는 귀족이야."

"귀족은 무슨 얼어 죽을 귀족? 귀족은 내 아들놈이지. 난 용병이라고."

"후우~ 그놈의 고집은."

그러면서 서신을 그에게 전하는 아론이다.

"뭔가?"

"귀족 아들놈에게서 온 서신."

"오호~ 짜식."

그러면서 서신을 반갑게 받아 든 티르. 그에 트로비스 공작의 눈이 아론을 향했다. 소개시켜 달라는 말일 것이다.

"어이, 티르."

"아, 왜?"

"그래도 공작인데 인사 정도는 하지?"

그에 서신을 순식간에 다 읽어 내린 티르가 트로비스 공작을 슬쩍 본 후 입을 열었다.

"과거에는 귀족이었기에 귀족으로서 예를 취했을 것이나 지금은 일개 용병이고, 보아하니……."

"굳이 공작으로 대우받기는 원치 않네. 마스터가 그리 많은 것도 아니고."

"어, 그래. 이 친구, 마음에 드는군."

둘은 순간 서로에게 강력한 호승심이 들었다. 아론이야 규격 외로 치고, 자신들은 엇비슷한 실력을 가지고 있음을 본능적으로 알 수 있었기 때문이다. 하지만 트로비스 공작은 본능적으로 자신의 눈앞에 있는 티르라는 자가 자신보다 강하다는 것을 느끼고 있었다.

아론을 보면 한없이 넓은 그 끝을 알 수 없는 망망대해를 보는 것 같은 느낌이 든다면 지금 눈앞에 있는 친구는 그래도 도전해 볼 만한 산을 보는 것 같은 느낌이 들었기 때문에 강력한 호승심을 느낀 것이다.

"눈싸움은 그만하고, 일단 자네가 이곳을 맡아줘야겠어."

"내가?"

아론의 말에 눈을 동그랗게 뜨는 티르. 그가 놀라는 이유는 용병왕 휘하에 있는 임페리움 용병단에는 자신보다 강한 강자들이 수두룩했기 때문이다. 그런 그들을 두고 자신을 지명한 것이 이해할 수 없어서였다.

"후방에 몬스터들이 발호했다고 하는군."

"그런데?"

"각 방면군의 병력을 빼라고 칙서가 내려왔어."

"미친 거 아냐?"

티르는 서슴없이 미쳤다고 말했다. 하지만 트로비스 공작
은 별다른 반발을 하지 않았다. 왜냐면 자신도 그렇게 생각하
고 있기 때문이다. 물론 후방이 중요하긴 하다. 하지만 그렇다
고 몬스터와 산맥, 그리고 제국을 적대시하는 왕국이나 제국
과 경계선을 맞대고 있는 병력을 빼라는 것은 분명 미친 짓이
었다.

"황제가 미친 게 아니라 귀족이 미친 것이겠지."

"하긴……."

곧바로 아론을 말을 인정해 버리는 티르.

"그래서 나를 이곳에 남기고 일부 용병들을 이끌고 참전하
게?"

"그래야겠지."

"하긴, 안 보이는 데서 백날 헛짓 해봐야 소용없겠지. 황제
의 눈과 귀를 가리는 귀족파가 있다면 말이지."

"그리고 보이는 곳에서 힘을 보여줘야겠지. 용병들의 힘을."

"그것 참 좋은 계획이군."

아론의 말에 반색하는 티르. 그는 귀족이었으나 뼛속까지
용병인 자였다. 그러했기에 아들에게 백작의 작위를 양도하고

편안한 삶을 뒤로한 채 아론을 따라나선 것이다. 그리고 어느 자리에서나 백작이던 귀족이 아니라 용병이라고 했다.

"할 수 있겠지?"

"할 수 있겠냐니? 이건 무조건 해야 할 일이야."

"그런 마음가짐이 마음에 드는군."

"날 무시하지 말라고. 20년 전에는 글 한 줄 못 읽는 무식쟁이였지만 20년 동안 놀지만은 않았으니까."

"그래서 더욱 믿음이 가는군."

"그건 그렇고, 언제 출발할 생각인가?"

"이곳이 정리되는 대로."

"하긴 뭐, 투입된 병력을 뺄 수는 없으니."

"그런데 내가 가도 되나?"

아론의 질문에 트로비스 공작은 언제 꺼냈는지 들고 있던 또 다른 서류를 아론에게 건넸다. 도대체 이 많은 것을 어떻게 품속에 가지고 다니는지 모를 일이다. 그런 가벼운 생각을 하면서 아론은 서류를 받아 들고 단번에 읽어 내렸다.

"용병왕에게 내리는 첫 번째 의뢰인가?"

"그렇다네."

"자네 아들이 생각보다 일을 잘해주고 있구만."

트로비스 공작의 말에 아론은 시선을 돌려 티르를 보며 말했다. 그에 티르는 입을 헤벌쭉 벌리며 고개를 끄덕였다. 자식을 칭찬하니 기쁜 마음이 든 것이다. 그에게 있어서 아들은 자신의 전부일 수도 있을 것이니 어쩌면 당연한 반응이라 할 수 있었다.

"그럼 빨리 이 상황을 종결시키는 것이 좋겠군."

"그래야겠지."

말과 함께 세 사람은 동시에 움직였다. 이미 몬스터들은 지리멸렬한 상태. 세 사람이 합류하자 와르르 무너지기 시작했다. 그도 그럴 수밖에 없는 것이, 이곳에 투입된 임페리움 용병단의 주축이 쿠테란 마을의 용병들, 즉 이종족 용병들이었다.

몬스터에 대해 누구보다 잘 알고 있고, 일반 용병보다 훨씬 더 강력한 무력을 지니고 있었으며, 이들을 진두지휘하고 있는 이가 이미 그랜드 마스터에 오른 유리피네스였으니 생각해 보면 전투의 향방은 이미 정해져 있다고 봐도 무방했다.

"게을러졌어요."

"아니… 그게……"

하필 아론이 떨어져 내린 곳이 유리피네스가 있는 곳이었다. 막 거대한 오거의 목을 잘라내 버린 유리피네스의 얼굴은 새치름하기 그지없었다. 그에 아론은 버벅거렸다. 설마 이곳에서 이런 말을 들을 줄 몰랐기 때문이다.

"이번 출정 때 이종족도 함께하는 거죠?"

"그야 당연히……."

"함께해야죠. 그동안 이종족에 대한 인식이 너무 안 좋았으니까요."

"그, 그래야지."

"역시 이종족을 생각해 주는 건 당신밖에 없네요."

"뭐, 그거야……."

"어쨌든 항상 신경 써줘서 고마워요."

"당연한 것을."

"그 당연한 것을 하지 못하는 이가 세상에는 널렸어요."

"그런가?"

아론은 손가락으로 볼을 살짝 긁으며 말했다. 물론 알고 있는 일이다. 그럼에도 불구하고 유리피네스 앞에 서면 마치 말 못하는 병이라도 걸린 듯 버벅거리고 제대로 된 답을 내지 못하는 아론이었다.

그런 아론을 보며 흰 이를 드러내며 웃는 유리피네스. 아론은 그저 멍하니 유리피네스의 그런 미소를 바라봤다. 삶과 죽음이 교차하고, 피가 솟구치고, 뼈가 부서지는 전장의 한가운데에서 절대 볼 수 없는 이질감이다.

그럼에도 불구하고 너무나도 상큼하기 그지없었다.

툭!

그 순간 무언가 포근하고 부드러운 것이 아론의 볼에 닿았다가 멀어졌다. 정신이 번쩍 든 아론이 유리피네스를 찾았을 땐 유리피네스의 모습은 이미 그의 시야에서 사라지고 없었다. 아론은 가만히 자신의 볼을 만져보았다.

생경한 느낌이 전신을 타고 흐른다.

'뭐지?'

이런 감정을 대체 어떻게 표현해야 할지 모르겠다. 이런 행동을 하는 유리피네스를 어떻게 해석해야 할지도 모르겠다.

크와아악!

그때 날카로운 포효가 들려왔다. 아론은 순간 짜증스러운 표정을 지어 보였는데 이내 분노한 표정으로 변했다. 좀처럼 볼 수 없는 그의 감정 표현이었다. 그리고 그 감정의 표현은 처절한 빠름으로 이어지며 포효를 내지른 몬스터와 그 주변에 있는 몬스터들을 덮쳤다.

"이런 썅!"

아론의 눈이 분노로 일렁거렸는데 그것은 몬스터들에게 재앙이 되어버렸다.

푸콰가가각!

몬스터들이 터져 나갔다. 그 모습을 지켜본 제라르와 얀센이 동시에 입을 열었다.

"저 양반 왜 저래?"

"낸들 알겠수."

둘 다 모를 수밖에 없었다. 그때 그들의 곁에 있던 브라이언이 뭔가 알 듯 모를 듯한 미소를 떠올리며 나직하게 입을 열었다.

"봄이로구나, 봄이야."

"그건 또 뭔 소리유?"

"모르면 그냥 지나가. 나중에 알게 될 터이니."

"아따, 그 노인네, 궁금해 죽겠네."

제라르의 불퉁스런 말에도 브라이언은 피식 웃고 창을 휘두르며 사라져 버렸다. 그런 브라이언의 뒤를 바라보며 말없이 서 있는 제라르와 얀센.

"형님은 아슈?"

"알면 내가 이렇고 있겠냐?"

"흐음, 어쨌건 큰형님이 날뛴 덕에 빨리 끝나기는 할 것 같수."

"어쨌든 힘 좀 쓰자. 나중에 형님에게 제대로 못했다고 잔소리 듣기 전에."

"그럽시다."

궁금증을 뒤로하고 몬스터의 무리 속으로 뛰어드는 제라르와 얀센. 그렇게 전세는 압도적으로 용병들에게 유리하게 전개되었다. 그리고 얼마의 시간이 지나지 않아 몬스터들은 수없이 많은 시체를 남긴 뒤 후퇴했다.

용병들과 정예 병력은 그런 몬스터를 뒤쫓지 않았다. 압도적인 전력으로 몬스터들을 물리치기는 했지만 초기에 너무 많은 희생을 치른 탓에 너무 지쳐 위험해질 수 있었기 때문이다.

"몬스터들이 물러난다!"

"이겼다! 이겼다고!"

"으허어엉! 살았다, 살았어. 내가 살았다고."

"만세에~ 만세에~ 용병왕 만세에~"

"그래, 만세다, 만세! 우리 용병왕 만세다!"

"만세! 만세!"

용병들이 외쳤다.

처음엔 넋두리처럼 아주 작은 소리로 외쳤으나 그 외침은 점점 전파되어 가슴속에 담고 있던 말을 토해내기 시작했다.

우리 용병왕 만세라고.

용병왕 만세라고.

정규 병사들과 기사들, 귀족들은 그 모습을 씁쓸한 표정으로 지켜보았다. 그리고 트로비스 공작은 곧바로 병력을 빼내 이동했다. 이곳은 승리했을지 모르나 다른 곳은 어떻게 전개됐을지 알 수 없었다.

그리고 아무리 개방적이라고 해도 지금 용병들의 외침은 썩 기분 좋은 외침이 아니었다. 자신에게가 아니라 기사들과 귀족들에게 말이다. 그들이 빠져나가거나 말거나 용병들의 외침은 끊임없이 지속되었다.

그런 용병들을 바라보며 귀족 중 한 명이 트로비스 공작에게 물었다.

"위험한 것 아닙니까?"

"뭐가?"

"용병왕이라니……."

"황제 폐하께서 인정하셨다."

"그건……."

"그리고 지금은 그들이 있어야 황제 폐하께서 힘을 얻고 후방이 안정될 수 있다."

"그렇긴 하지만……."

"그들을 배척하는 것이 아닌 받아들여야 할 시기다. 그리고 그들이 아니었다면 2선이 무너졌을 것이다. 이 모든 것이 그들의 공이다, 우리의 공이 아니라."

"죄송합니다."

강력한 트로비스 공작의 발언에 귀족은 고개를 숙였다.

"그들을 받아들여라. 공존할 수 있어야 한다."

"명심하겠습니다."

"그런 자세 매우 좋다. 고인 물은 썩게 마련이지. 생각도 마찬가지다. 진리는 분명 하나다. 태양이 동에서 떠서 서로 진다는 것 말이다. 하지만 숲속에서 사는 사람의 태양은 숲속에서 떠서 숲속으로 진다. 바다에 사는 사람 역시 마찬가지다."

"상황에 따라… 유연하게 대처하라는 말씀이십니까?"

"그렇다. 자꾸 흘려보내라. 그래야 썩지 않고 새로운 것을 볼 수 있는 시야와 생각을 가질 수 있다."

"뼈에 새기겠습니다."

"그래, 그래야 할 거야. 그래야 새로운 제국을 맞이할 수 있을 테니까."

그러면서 그는 말을 멈춰 세워 환호하고 있는 용병들을 바라보았다.

"세상은 변할 것이다. 저기 저곳에서 환호를 받고 있는 단한 사람에 의해서 말이다. 새로운 것을 받아들이지 못하고 이미 썩은 물에 몸을 담가 같이 썩어가고 있는 자들은 결국 사라지고 말 것이다."

그는 직감하고 있었다.

지금 제국을 휩쓸고 있는 대규모 몬스터의 발호. 이 발호는 결코 몬스터에서 끝나지 않을 것이다. 또 다른 무언가가 준비하고 있는 것 같은 느낌이 들었다. 몬스터보다 더 강력한 무언가가 제국을 노리고 있음을 느낄 수 있었다.

*   *   *

수만의 용병들이 황도인 옴파로스로 들어서고 있었다. 상단을 호위하고 있는 것도 아니고 정규 병력처럼 오와 열을 맞춘 것도 아니었다. 그럼에도 불구하고 황도인 옴파로스에 사는 모든 이의 시선을 사로잡기에 충분했다.

"서라!"

그 당당한 위세에 옴파로스를 지키고 있는 삼중의 성벽 중 가장 바깥쪽인 세 번째 성벽을 지키고 서 있는 정규 병사들이 긴장한 채 외쳤다. 그것은 세 번째 성벽 중 북문 경비대장 역시 마찬가지였다.

"누구냐?"

북문 경비대장이 입을 열었다.

펄럭!

그런 북문 경비대장의 눈앞에 하나의 두루마리 양피지가 펼쳐졌다. 하지만 어떤 행동도 하지 않고 외쳤다.

"치워라!"

두루마리 양피지 따위는 읽어볼 필요조차 없다는 표정이다. 그의 얼굴에는 멸시의 표정이 선명하게 드러나 있었다. 처음엔 그 많은 수에 질려 조금 긴장했지만 이들이 천한 용병이라는 것을 안 이후에는 거만한 표정이 역력했다.

"후회할 텐데?"

"감히 용병 따위가 황도의 제3 성벽을 맡고 이는 나 존 웨인 게이시를 협박하는 것인가?"

"쓰벌, 하여간 뭣도 없는 것들이 꼭 이러더라."

그때 가장 선두의 옆에 선 용병이 가래침을 탁 뱉어내면서 말했다.

"어쩌겠냐? 여기도 뭐 하던 대로 뚫고 지나가야지."

"그렇긴 하지만 귀찮잖소. 이곳만 아니라 2벽도 있고, 1벽도 있고, 거기에 마지막 황성도 있고."

"네, 네놈들……."

용병들의 대화에 화들짝 놀란 게이시 북문 경비대장. 이들의 말을 들어봤을 때 이들은 분명 반란군이었다. 하지만 다시 그의 앞에 펼쳐지는 두루마리. 그에 본능적으로 팔을 휘둘러 눈앞의 두루마리를 치우려 했다.

하지만 어떻게 된 일인지 몸이 움직여지지 않았다. 그때 그의 귓가에 들려오는 묵직한 음성.

"읽어보도록. 설마 글을 못 읽는 것은 아니겠지?"

"으음."

그에 나직하게 신음을 토하는 게이시 북문 경비대장. 어쩔 수 없었다. 무슨 수작을 부렸는지 모르지만 몸을 움직일 수 없으니 두루마리를 읽을 수밖에 없었다. 또한 느껴지는 감각에 자신을 적대시함을 느낄 수 없었다.

그리고 두루마리를 읽어 내리는 게이시 북문 경비대장의 눈이 점점 떨리기 시작하더니 종내에는 입을 떡 벌렸다. 그가 두루마리를 다 읽어 내렸을 때쯤 두루마리가 치워지고 여전히 말 위에 앉아 있는 자의 모습이 그의 눈에 들어왔다.

"이제 상황 파악이 좀 되나?"

"그, 그건……."

"지금 비키지 않으면 기회가 없을 것이야."

"하, 하지만… 어?"

몸이 움직여지지 않았는데 갑자기 몸이 움직여졌다. 그제야 게이시 북문 경비대장은 여전히 자신을 내려다보고 있는 자가 무서워졌다. 두루마리의 내용대로라면 자신은 이곳에서 죽어도 전혀 문제가 되지 않았기 때문이다.

"기, 길을 열어라!"

그에 게이시 북문 경비대장이 경비병들에게 외쳤다. 경비병은 도대체 두루마리의 내용이 뭔지 모르겠지만 일단 겁먹은 표정의 경비대장이 길을 열라 했으니 그대로 행할 수밖에 없었다. 하지만 모두가 그런 것은 아니었다.

"경비대장, 미쳤소?"

그때 그런 경비대장의 행동에 정면으로 반박하고 나서는 자가 있었다.

"페구에르 남작……."

황도에 머물고 있는 빅토르 페구에르 남작이다. 자신과 조금 친분이 있고 바로 지금 용병들 바로 앞에 문을 통과한 귀족이다. 원래 성문에는 귀족 전용과 평민 전용의 문이 따로 있었다.

귀족이 통과하는 문은 크고 거대한, 일반적으로 우리가 알고 있는 성문이고, 평민 전용은 작고 좁은 쪽문이었다. 그런데 작고 좁은 쪽문이 아니라 귀족 전용 성문으로 용병들이 들어오려고 하니 당연히 반발할 수밖에 없었다.

"도대체 누구관데 귀족들에게 열리는 성문을 통과한단 말인가?"

"저… 그것이……."

"난 허용할 수 없소."

"아니, 그것이 아니라……."

"네놈들, 당장 줄을 서라!"

그러면서 쪽문을 가리키는 페구에르 남작. 쪽문에는 언제 줄어들지 모를 길고 긴 줄이 늘어서 있었다. 그에 선두에 선 용병들이 피식 웃었다.

"웃어? 감히 귀족이 말을 하고 있는데 웃어? 당장 말에서 내려 조아리지 못할까?"

"나 원 참, 별 그지같은 것들이 날뛰는구만."

"형님, 그냥 두고 볼 거유?"

"쩝, 어쩔 수 없나 보군."

어이없다는 듯 두런두런 대화를 나누고 있는 용병들. 그들은 다름 아닌 아론 일행이었다.

"거듭 느끼는 거지만 인간이란 참으로 겉모습에 너무 강박적인 관점을 가지고 있군요."

"그런 면도 없지 않아 있지만 이런 놈만 있는 것은 아니니까."

"뭐, 그거야 그렇지만요."

그중 홍일점인 유리피네스가 조용히 입을 열었다.

"네년은……."

그런 유리피네스의 본 페구에르 남작. 그는 목소리가 살짝 떨리고 혀로 입술을 핥으며 게슴츠레한 눈이 되어버렸다. 인세에 보기 드문 아름다움을 가진 엘프였기 때문이다.

물론 처음부터 그가 나선 이유도 바로 유리피네스 때문이었다. 그저 보고만 있어도 가슴에 불을 지르고 아랫도리가 묵직해지는 느낌이 들었으니까. 여성체 엘프란 그저 귀족들의 성 노리개 정도로밖에 생각하지 않는 그였으니 어쩌면 당연한 행동이었는지도 모른다.

그는 생각하고 있을 것이다.

자신의 발아래 굴복하는 용병들과 자신의 노리개가 된 여성체 엘프를 말이다.

하지만……

쩌억!

갑자기 세상이 노란색으로 변하는 느낌이 들었다.

휘청!

한쪽으로 기울어지는 페구에르 남작.

쩌억!

하지만 다시 몸이 바로 섰다. 그 순간 페구에르 남작은 전신이 떨리는 극렬한 통증을 느꼈다. 입을 벌려 비명을 지르고 싶었다. 하지만 벌어진 입에서는 비명이 나오지 않고 부러진 이빨과 범벅이 되어버린 검붉은 핏물이 튀어나왔다.

와락!

그리고 마치 무언가에 이끌리듯 끌려 올라간 페구에르 남작. 그런 페구에르 남작은 어느새 아론에게 멱살이 잡혀 있었다. 허공에 매달린 채 말이다.

"다시 한 번 말해봐."

"그륵!"

입 안 가득 핏물이 채워져 있어 말을 제대로 할 수 없었다. 아론은 그런 페구에르 남작을 마치 쓰레기 버리듯 휙 집어 던져 버렸다.

"커억!"

"이노오옴!"

뒤늦게 그 상황을 인지한 기사가 노호를 터뜨리며 검을 빼들려 했다.

그런데 언제 그의 곁으로 왔을까? 여전히 말 위에서 긴 양손대검을 기사의 목에 댄 채 나직하게 으르렁거리는 제라르.

"움직이면 잘라 버린다."

움찔!

제라르의 감정이라고는 티끌만큼도 담겨져 있지 않은 말에 잘게 떠는 기사.

"네놈……"

스륵!

그때 목을 파고드는 제라르의 대검. 그에 입을 닫아버리는 기사. 죽기는 싫었다. 죽음 앞에 나약해진 것은 기사나 귀족이나 평민이나 다 똑같았다. 그 모습에 피를 흘리며 제멋대로 나동그라진 귀족이 미친 듯이 외쳤다.

"죽여! 죽이란 말이다! 감히 귀족을 모욕한 저 용병 놈을 죽이란 말이다!"

고래고래 소리를 지르는 그 모습을 보고도 움직이는 자는 없었다. 그리고 말 위에 앉아 물끄러미 그런 귀족을 바라보던 아론이 느릿하게 말에서 내렸다.

"저거 저 양반, 작정한 것 같은데… 말려야 하는 거 아니우?"

여전히 기사의 목에서 대검을 치우지 않은 채 나직하게 입을 여는 제라르. 그의 시선이 멀찍이 떨어져 있는 얀센과 유리피네스에게로 향했다. 하지만 그 누구도 그의 말에 동조하지는 않았다.

그렇다는 것은 이미 귀족에 대한 처분이 내려졌다는 것과 다르지 않았다. 귀족이기에 죽음을 면하기는 하겠지만 두 번 다시는 그 잘난 주둥이를 함부로 놀리지 못할 것이다. 그에 제라르는 힘없이 한숨을 내쉬었다.

"어째 그동안 잠잠하다 했다."

그사이 아론은 이미 귀족에게로 걸음을 옮기고 있었다. 그리 멀지 않은 거리, 오래 걸릴 이유가 없었다.

"오, 오지 마! 오지 마!"

귀족은 발작적으로 외쳤다. 하지만 아론의 걸음을 멈추지 않았고, 연신 뒤로 물러나는 귀족의 발을 꾹 지르밟았다.

"끄으윽!"

그에 귀족은 괴로운 신음을 흘렸다. 귀족이라는 것. 언제나 전가의 보도처럼 활용되어 왔다. 하지만 지금 이 순간 자신이 귀족이라는 것은 전혀 도움이 되지 않고 있었다. 믿음직스럽던 기사들은 산도적같이 생긴 용병에 의해 단숨에 제압당해 버렸다.

그리고 평소 자신의 편에 서서, 아니, 귀족의 편에 서서 모든 일을 처리하던 북문 경비대장은 물론 경비병까지 얼굴을 잔뜩 굳힌 채 지금의 상황을 외면하고 있었다. 그래서 당황스러웠다.

도대체 이 용병이 누구이기에 저리도 설설 긴단 말인가? 아무리 생각해도, 설사 공작 가문의 사설 용병 단체라 해도 귀족에게 이럴 수는 없는 법이다.

그의 생각으로는 절대 있을 수 없는 일이 일어나고 있었다.

뿌드드득!

발 뼈가 부러지고 있다. 귀족은 발작적으로 비명을 질렀다. 타인의 아픔이나 고통은 자신에게 기쁨이고 즐거움이었다.

하나 정작 자신이 당하는 입장에서의 고문과도 같은 고통은 필설로 형용할 수 없을 정도였다.

너무나 고통스러워 쩍 벌어진 입에선 비명조차 흘러나오지 않았다.

이걸 도대체 어떻게 표현해야 한단 말인가? 도저히 표현할 방법이 없었다.

서서히 아론의 손이 다가와 고통스러워하는 귀족의 멱살을 잡아당기며 속삭이듯 말했다.

"맞아, 난 용병이지. 하지만 말이야, 그냥 용병이 아니야. 나는 용병왕이지. 용병들의 왕이야. 그리고 내 사람이 모욕당했음에 보복이 두려워 숨지도, 참지도 않아. 왜냐하면 저들은 용병이고 나는 저들의 왕이기 때문이야."

질식할 것 같은 살기가 귀족의 전신을 감싸 돌았고, 귀족은
그 살기를 감당하지 못하고 입에 거품을 물면서 눈을 까뒤집
으며 기절해 버렸다.

그런 귀족을 툭 밀어 던지듯 놓아버리는 아론. 그는 느릿하
게 걸음을 옮겨 말이 있는 곳으로 다가갔다.

그때 요란한 말발굽 소리가 들려오자 모두의 시선이 그곳
으로 향했다.

"워, 워어~"

가장 선두에 선 이가 말을 급박하게 멈춰 세웠는데 상당한
승마술을 가진 듯 아주 자연스러웠다.

귀족은 주변의 상황을 단박에 파악한 후 지금과 같은 상황
을 만든 이를 찾았다. 그에 북문 경비대장은 마른침을 삼켰
다.

'쓰벌, 오늘 완전 똥 밟은 거냐?'

그럴 수밖에 없는 것이 귀족은 거품을 물고 기절했고, 기사
는 용병에게 제압당해 꼼짝도 하지 못하고 있었다. 일단의 귀
족과 기사가 모습을 드러냈음에도 불구하고 기사를 제압한
용병은 꿈쩍도 하지 않고 버티고 있었고, 이 사태를 만든 용
병은 태연하게 귀족을 바라보고 있었다.

귀족과 아론의 시선이 부딪쳤다. 귀족은 잠시 아론을 바라

보더니 이내 하마해 그의 앞으로 다가갔다. 북문 경비대장은 그 짧은 시간이 마치 천년과 같이 느껴졌다. 빨리 이 시간이 지나가길 바랄 뿐이다.

그것도 아주 무사히 말이다. 그런 바람을 가지고 지켜보는 가운데 아론의 앞에 선 귀족이 느릿하게 고개를 숙였다.

'뭐지?'

순간 북문 경비대장은 도대체 상황이 어떻게 돌아가는지 몰라 멍하니 그 광경을 지켜봤다.

"아우슈반츠 갈릭이 큰아버지를 뵙습니다."

"흐음, 많이 늘었네?"

"그렇습니까? 그런데……."

"뭐 대충 눈치채서 알고 있을 것 같다만?"

"아, 뭐… 대충은."

"저 새끼가 내 사람을 모욕했어."

"죽이지 그러셨습니까?"

"그래도 귀족이라서 말이지."

"저런 동태 눈깔을 가진 귀족은 필요 없지 말입니다."

"그거 네 생각이냐?"

"물론입니다."

"넌 아직 정치를 더 배워야겠다."

"그렇긴 하지만 저런 놈들까지 신경 쓰기에는 제 위치가 좀

높습니다."

"그러냐? 티르 그놈이 좋아하겠군."

"아버지는 안 오신 겁니까?"

"북쪽도 신경 써야 하니까."

"하지만……."

"전쟁 용병을 다룰 수 있고 작전을 입안할 수 있는 사람은 그리 많지 않다."

"하긴 그렇기도 하군요."

"그리고 지금의 상황이 매우 중요하잖느냐."

"그렇군요. 중요한 상황이로군요."

갈릭은 단박에 아론의 말을 짐작했다.

이것은 출정식이었다. 그 출정식에 아론이 용병왕의 자격으로 참석하고 있었다.

용병왕을 정식으로 만천하에 드러내는 것이고, 그 용병왕 휘하로 각자 찢어진 대나 단이 아닌 용병 군단이 만들어지는 중요한 시기였다.

용병들이 만천하에 모습을 드러내고 그 실력을 인정받는 결정적인 순간이었다.

그래서 이종족 용병들을 대동한 것이다. 용병이란 모든 종족을 초월하는 단체라는 것을 알리기 위해서이다.

"그런데 언제까지 이렇게 세워둘 것이냐?"

"아, 죄송합니다. 가시지요."

갈릭이 손짓했다. 그에 기사들이 좌우로 갈라지면서 길을 만들었고, 아론은 만족한다는 듯이 고개를 끄덕인 후 말 위에 올라타 외쳤다.

"가자!"

아주 작은 외침이었다.

하지만 그 외침은 모든 용병에게 전달되었다. 단 한 번도 합을 맞춰보지 않은 용병들이 질서 정연하게 움직이기 시작했다.

그저 보기에는 이들이 용병인지, 제국의 정예 병력인지 모를 정도였다.

그 모습에 갈릭은 작게 감탄을 자아냈다. 정말 대단했기 때문이다. 자유분방하면서도 그 누구도 접근할 수 없을 정도의 예기를 뿜어내고 있었다. 한눈에도 그들이 정련되어 있다는 것을 알 수 있었다.

그런 용병들을 정련해 낸 아론이 실로 대단해 보였다. 그는 역사상 그 누구도 해내지 못한 일을 지금 해내고 있었다.

그의 행동 하나하나가 이제는 새로운 역사를 창조하는 과정이 될 것이 분명했다.

"내 사람이라고요?"

"응? 어, 그렇지."

"여기 있는 모든 사람이 다?"

"그렇지."

그런 갈릭과 달리 아론의 곁으로 유리피네스가 다가와 아론에게 물었다.

"저도요?"

"어, 음, 그, 그렇지."

"그렇군요. 알았어요."

그렇게 말하면서 다시 멀어지는 유리피네스. 그런 유리피네스를 멀뚱하게 바라보는 아론.

"내가 뭘 잘못했나?"

도무지 이해할 수 없었다. 저 반응이 대체 무슨 반응인지 말이다.

좋다는 것인지 나쁘다는 것인지, 그래서 화가 난다는 것인지 도무지 이해할 수 없는 표정이었다.

"뭘 그리 심각한 표정이우?"

"아, 아니다."

가볍게 대꾸한 후 말을 몰아가는 아론. 그런 아론의 등 뒤를 멀뚱하게 바라보는 제라르.

"저 양반, 왜 저런대?"

"모르겠나?"

"뭘?"

브라이언의 물음에 도대체 무슨 말이냐는 듯이 되물어보는 제라르. 그런 제라르의 얼굴을 바라보며 브라이언은 나직하게 한숨을 내쉬었다.

"네놈이나 용병왕이나 오십보백보다."

"아니, 대체 뭐가 말이우?"

"됐다."

"아, 나 원 참. 말을 해줘야 알지."

그런 제라르를 두고 슬쩍 유리피네스의 옆으로 다가간 브라이언.

"마스터께서 좀 느립니다."

"음, 이해해요."

"주변의 인물들이 다 그렇습니다."

"순수한 거죠."

"그렇게 생각하신다니 다행입니다."

"그래도 브라이언은 좀 다르네요."

"인간으로서 여러 가지를 경험하게 되면 그 정도쯤은 알 수 있습니다."

"그나마 다행이에요."

"어쨌든 마스터 곁에는 유리피네스 님밖에 없습니다."

"그런가요?"

"그렇습니다."

브라이언의 말에 유리피네스는 포근한 미소를 떠올렸다. 둘은 뭔가 통하는 것이 있는 것 같아 보였다. 다른 용병들은 이해하지 못할 그런 것 말이다.

어쨌든 용병들은 그렇게 황도에 입성했다.

만천하에 용병왕이 탄생했고, 용병들의 진정한 힘을 알리기 위해서이다.

CHAPTER 5

변화

"용병왕이라 불리는 자가 입성했다고?"

"그렇습니다."

"듣자 하니 꽤 재미있는 일을 저질렀더군."

"죄송합니다."

베나비데스 제2 공작의 말에 그의 앞에 선 귀족이 창백한 표정으로 고개를 숙였다.

"죄송할 것은 없는데 일을 하려면 확실하게 했어야지."

"경시하는 마음이 있었습니다."

"하긴 그럴 법도 하지. 용병 나부랭이를 두고 더한 전력을 투입할 수는 없었겠지."

"……."

베나비데스 제2 공작의 말에 그저 침묵하는 귀족. 그런 귀족을 보며 가볍게 혀를 차는 베나비데스 제2 공작.

"쯧, 지나간 일은 신경 쓸 필요 없을 테고, 실패한 사례를 본보기 삼아 앞으로 어떻게 해야 할지 정해야 하지 않겠나?"

"물론 그렇습니다."

"방법은?"

"출정 기념 연회가 있습니다."

"출정 기념 연회라……."

무언가 짚이는 데가 있는지 베나비데스 제2 공작의 입꼬리가 슬쩍 말렸다. 이미 이런 일에는 상당한 경험이 있다는 듯하다.

"그래서?"

"남부의 귀족 중 상당히 호전적인 인물이 있습니다."

"호전적이고 나와 선을 잇고 싶은 자겠지?"

"물론입니다."

"이름 정도는 알아둬야 하겠지?"

"로드 가드너 자작입니다."

"수준은?"

"상급에 이른 자로 일반적인 귀족과는 다르게 대검을 사용

합니다."

"기사 출신인가?"

"그렇습니다."

"그런데 왜?"

기사 출신은 대부분 바티스타 제1 공작에게 선을 댄다. 알려진 대로 그는 제국의 소드 마스터이기 때문이다. 기사들의 절대적인 지지를 받은 그이고 보면 어쩌면 당연한 일이었다. 그럼에도 불구하고 마법사인 자신에게 귀의하고자 하는 이유를 묻는 것이다.

"공식적으로는 기사의 품위에 맞지 않는 일을 저질렀고, 비공식적으로는 단지 기분이 나쁘다는 이유로 마을 하나를 초토화시켰습니다."

"단지 기분이 나쁘다는 이유로?"

"그렇습니다."

"마음에 드는군. 연회가 있기 전에 잠시 자리를 마련하는 것도 나쁘지 않겠군."

"자리를 마련토록 하겠습니다."

"그런데… 확실한 자인가?"

"각하께서 약간의 은혜를 베푸신다면 큰 문제가 없을 것이라 판단됩니다."

"아티팩트 말인가?"

"어떤 것이라도 상관없을 것 같습니다. 아무래도 각하께서는 기사가 많이 부족합니다. 물론 마법사만으로도 충분하겠지만 상황이라는 것이 꼭 마법사에게 좋게만 흘러가지는 않을 것입니다. 거기에 더러운 저들의 협잡이라면 말입니다."

베나비데스 제2 공작은 고개를 끄덕였다. 확실히 자신의 세력은 마법사와 문관 귀족에 치중되어 있었다. 그 덕분에 제국의 행정과 귀족들의 인사권을 한 손에 쥐고 막강한 권력을 휘두르고는 있지만 아직까지 군부는 제대로 흡수하지 못한 상태였다.

물론 자신의 방해 공작으로 바티스타 제1 공작 역시 군부 세력을 얻지 못하고 있는 것은 마찬가지였지만 전체적인 세력 면에선 자신의 세력이 압도적이었다. 하지만 지금 당면한 상황을 놓고 보자면 결코 유리하지만은 않았다.

마법사라는 존재가 앞으로 나서서 싸우는 타입이 아니다 보니 인식이 점점 안 좋아지는 면도 있었다. 지금이야 압도적이라고 하지만 언제 판세가 뒤집힐지 모를 상황이기 때문에 충분히 경각심을 주는 말이었다.

"흐음, 그도 그렇군. 그런데 그가 그 정도의 무재가 되는가?"

"지금까지는 충분하다 판단되고 있습니다."

"그렇군. 아니, 차라리 우리 측에도 마스터가 한 명쯤 있는 것이 낫지 않을까?"

"그것은……."

말을 흐리는 귀족. 그런 그를 바라보며 슬쩍 입꼬리를 말아 올리는 베나비데스 제2 공작.

"최근 성공한 실험이 있는데……."

"무슨……."

말을 흐리는 베나비데스 제2 공작. 그에 조심스럽게 묻는 귀족. 하지만 베나비데스 제2 공작은 쉽게 입을 열지 않았다.

"그건 그렇고, 현재 가드너 자작은 어디에 있지?"

"이미 각하의 저택 안에 머물고 있습니다."

"그거 잘됐군."

베나비데스 제2 공작은 결코 성공한 실험에 대해서 말해주 지 않았다.

"지금 보시겠습니까?"

"가끔은 절차를 무시해야 할 때도 있는 법이지."

"알겠습니다."

베나비데스 제2 공작의 말에 귀족은 곧바로 움직였다. 그리 고 얼마의 시간이 지나지 않아 장대한 체구의 사내와 함께 베 나비데스 제2 공작의 집무실에 모습을 드러냈다. 일단 인상은 상당해 강해 보였다.

민머리에 한쪽 눈엔 안대를 하고 있고 체구 또한 당당해 한

눈에도 상당히 강력한 모습이다.

"충! 남부 카일드론 영지의 로드 가드너 자작이 베나비데스 제2 공작 각하를 뵙습니다."

묵직한 저음이 흘러나왔다. 하지만 그 저음 속에는 숨길 수 없는 살기가 깃들어 있었다. 이것은 인위적으로 만들어진 살기가 아니라 선천적으로 타고난 살기였다. 이런 부류의 사람은 필연적으로 살인자의 운명을 타고난 자라 할 수 있다.

'어디서 이런 걸물을 구했는지 모르겠군.'

베나비데스 제2 공작은 상당히 흡족했다. 이런 자야말로 현재 자신의 세력에 필요한 인물이었다. 물론 평화 시라면 그리 큰 문제가 되지 않겠지만 지금은 평화로운 시기가 아닌 난세였다. 어쩌면 새로운 제국이 탄생할지도 모를 그런 난세이다.

"그 말은 나에게 충성하겠다는 말인가?"

"그렇습니다."

"허어~ 황제 폐하께서 있거늘……."

짐짓 탓하듯이 말하는 베나비데스 제2 공작. 하나 가드너 자작은 전혀 거리낌 없이 그에 대한 답을 내놓았다.

"현 황제 폐하께서는 너무 나약합니다."

"나약하다?"

"그렇습니다."

"이종족이나 노예, 그리고 저급한 용병들에 대해 너무나도

164 용병들의 대지

관대합니다. 조금 더 강력한 처벌과 함께 그 책임을 물어야 할 것입니다. 귀족 위에는 그 어떤 것도 존재할 수 없음입니다."

"감히 내 앞에서 황제 폐하를 욕되게 하는 것인가?"

"욕되게 할지라도 어쩔 수 없습니다. 저는 이 제국의 귀족으로서 할 말을 할 뿐입니다."

"네놈이 정녕 죽고 싶은 게로구나."

"죽더라도 할 말은 해야 하지 않겠습니까?"

베나비데스 제2 공작의 전신에서 무시무시한 기세가 피어올랐다. 하지만 가드너 자작은 결코 자신의 뜻을 굽히지 않았다. 그는 정면으로 베나비데스 제2 공작의 기세를 감당하고 있었다. 하지만 이미 7서클의 마스터인 베나비데스 제2 공작의 기세는 견딘다고 해서 견딜 수 있는 것이 아니었다.

피비빗!

가드너 자작의 얼굴을 이미 시뻘겋게 변해갔고, 굵은 혈관과 핏줄이 돋아났으며, 눈은 충혈되었고, 코에서는 검붉은 핏물이 흘러내리고 있었다.

"정녕 네놈의 발언을 취소할 생각이 없다는 말이더냐?"

"기사로서 어찌 한 입으로 두 말을 한단 말입니까? 다만 원통한 것이 있습니다."

"무엇이더냐?"

"베나비데스 공작 각하는 다를 줄 알았소."

"뭐가 말인가?"

"귀족은 귀족다워야 하오. 귀족이 천민이나 평민, 용병이 될
수 없음이니 그 신분제를 확실히 할 줄 알았소."

"그런데?"

"유약한 황제와 다를 게 대체 무엇이오?"

"……."

가드너 자작의 말에 말없이 그를 뚫어지게 바라보는 베나비
데스 제2 공작.

"흐으, 흐으흐흐, 흐하하하하! 으흐흐하하하핫!"

그러더니 이내 미친 듯이 앙천광소를 터뜨렸다. 그럼과 동
시에 가드너 자작을 옥죄고 있던 것들이 씻은 듯이 사라졌다.
한참 동안 앙천광소를 터뜨리던 베나비데스 제2 공작이 자리
에서 일어나 직접 힘들게 헐떡이고 있는 가드너 자작을 일으
켜 세우며 말했다.

"어찌하여 이제야 본 작을 찾아왔는가? 본 작에게는 귀 작
과 같은 사람이 필요하거늘."

가드너 자작을 일으켜 세우며 마치 10년 전 헤어진 친지를
대하듯 하는 베나비데스 제2 공작. 그런 갑작스러운 베나비데
스 제2 공작의 변화에 잠시 어리둥절해하는 가드너 자작이었
으나 이내 상황을 깨닫곤 얼굴을 일그러뜨렸다.

"자자, 앉지. 내 귀 작에게 중대한 일을 맡기고자 하니 말이네."

"저에게… 말입니까?"

"그렇다네."

"무슨……."

"자네 말대로 강한 제국을 원하는가?"

"그렇습니다."

"용병들에 대한 제국에 분노하는가?"

"그렇습니다."

"그렇다면 그대도 알고 있겠군. 며칠 후 있을 출정 연회에 용병왕이라는 자가 참석한다는 것을 말이야."

"알고 있습니다."

"감히 출정 연회에 비루한 용병왕이 참석한다니, 이것은 진정으로 제국과 귀족의 권위가 땅에 떨어진 것이나 다름없는 일이네."

"물론입니다!"

베나비데스 제2 공작의 말에 분개하여 외치는 가드너 자작. 그런 가드너 자작을 보며 포근한 미소를 떠올리는 베나비데스 제2 공작.

"시절이 하도 수상하여 내 잠시 그대를 의심하여 시험했네."

"아, 아닙니다. 당연하신 처분입니다."

"정말 그렇게 생각하는가?"

베나비데스 제2 공작의 말에 잠시 말을 잇지 않던 가드너 자작이 진중하게 입을 열었다.

"소작을 시험한 것은 소작을 긴히 쓰실 일이 있기에 그러신 거라 생각합니다."

"오호… 맞네, 맞아. 자네가 긴히 해줘야 할 일이 있네."

"맡겨만 주신다면 신명을 바칠 것입니다."

"물론 그렇겠지. 하지만 지금 상황에서는 힘든 일이네."

"지금 상황이라면?"

"자네는 조금 더 강해져야 한다는 말이네."

"그 말씀은……"

"본 작은 자네를 조금 더 강하게 만들 수 있네."

"……"

그 말에 가드너 자작은 눈을 부릅떴다.

"하지만 그 일에는 지난한 고통이 따를 것이네. 그래서 걱정이네. 그 고통을 이겨내지 못한다면 나는 아까운 동량을 잃은 것이니 말일세."

"누군가 해야 할 일이라면 소작이 하고 싶습니다."

"하나……"

"대의를 위한 고통이라면 반드시 이겨낼 것입니다."

"정말 괜찮겠는가?"

"물론입니다. 처음 본 소작을 알아주시니 소작은 목숨을 바쳐 그 신의에 답하고자 합니다."

"허어, 오랜만에 진정한 제국의 동량을 보았으나 진정 아까운 일이로다."

"소작은 언젠가는 죽을 것입니다. 또한 죽을 각오로 일에 임한다면 결코 실패하지 않을 것이라 자부합니다."

"허어, 고맙네. 진정으로 고맙네."

베나비데스 제2 공작의 말에 가드너 자작은 이미 결심을 굳혔는지 다부진 표정으로 말했다.

"그 대의를 위한 일이 빠르면 빠를수록 좋지 않겠습니까?"

"하나……."

"출정 연회가 얼마 남지 않았습니다. 아마도 그 대의라는 것이 이번 출정 연회와 관계가 있는 듯하니 시간이 촉박합니다.

"그렇긴 하나……."

"이미 죽을 각오로 공작 각하를 찾아왔습니다. 그것이 무엇인들 못할 것이 무엇이겠습니까?"

"허어, 안타깝구나. 자네를 조금이라도 빨리 만났으면 이렇게 촉박하게 그대를 보내지 않아도 되었을 터인데……."

진정으로 아깝다는 표정의 베나비데스 제2 공작. 그는 탄식하며 한동안 말을 잇지 못했다. 그러다 결연하게 결정을 한 듯 입을 열었다.

"그대에게 중임을 맡기겠다."

"신명을 다하겠습니다."

"좋다, 시간이 없으니 바로 시작하는 것이 좋겠군."

"따르겠습니다."

베나비데스 제2 공작은 거침없이 앞서 나갔다. 그 뒤를 가드너 자작이 따랐고, 지금까지 있는 듯 없는 듯 함께하고 있던 귀족 역시 그 뒤를 따랐다. 그리고 그들이 도착한 곳은 음습한 실험실.

보통 사람이라면 조금의 표정이라도 바뀔 법도 하지만 베나비데스 제2 공작이나 귀족은 무표정했다. 심지어 이곳이 처음일 텐데도 가드너 자작 역시 전혀 표정의 변화가 없었다.

"이 실험은 자네를 조금 더 강하게 해줄 것이네."

"얼마나 강해집니까?"

"제국에 새로운 마스터가 탄생할 것이네."

"훌륭하군요."

"흥분되나 보군."

"기사로서 마스터가 되는데 어찌 흥분되지 않겠습니까?"

"좋군. 복장을 모두 벗고 저 가운데 돌로 된 욕조 안으로 들어가면 되네."

"알겠습니다."

가드너 자작은 전혀 거리낌이 없었다. 기실 그에게 이런 시설은 상당히 친숙했다. 영주성의 깊숙한 곳에 존재하는 고문실과 같았기 때문이다. 하루 중 절반 이상을 그 고문실에서 사는 가드너 자작의 입장에서는 오히려 친숙한 느낌이 들었다.

그리고 결정적으로 자신을 마스터로 만들어준다는데 무엇이 무서울까? 그러하기에 그의 행동엔 전혀 거리낌이 없었다. 거기에 더하여 그는 베나비데스 제2 공작의 마법에 당한 상태였다.

아무리 상급의 기사라고 하지만 무방비 상태에서 7서클의 마법사를 만난다는 것은 그저 교수대에 목을 들이미는 것과 다르지 않은 일이었으나 가드너 자작은 그것을 알지 못했다. 그래서 일이 이리도 쉽게 풀린 것이다.

'아무렴 어떤가? 그는 마스터가 되어서 좋고, 나는 마스터를 수하로 둬서 좋은 일이지.'

실패하면?

그러면 그런대로 실험 재료를 소진한 것뿐이다. 물론 가드너 자작의 신체 조건은 실험을 진행하는 데 최상급이었다.

물론 제국을 뒤지면 이런 정도의 실험 재료는 부지기수로 많았다. 다만 지금은 시간이 없었다. 어떻게든 반전을 꾀하는 황제파를 찍어 눌러줄 필요가 있었다. 말이야 마스터라고 하지만 실제는 그보다 더 강할지도 몰랐다. 그 이유는 바로 지금의 실험이 피부를 강철처럼 단단하게 해주기 때문이다.

그러는 동안 가드너 자작은 복장을 모두 해제하고 석조 안으로 들어가 눕고 있었다. 베나비데스 제2 공작은 잠시 그를 응시한 후 무언가를 작동시켰고, 석조에 검은색의 물이 가득 채워졌다.

치이익!

그리고 살이 타들어가는 것 같은 소리가 들려왔다. 하지만 가드너 자작은 고통을 모르는 것인지 얼굴 하나 찡그리지 않았다. 그런 가드너 자작의 모습에 흡족한 얼굴을 보이는 베나비데스 제2 공작.

"과연……."

그는 나직하게 감탄을 흘렸다. 실제 살이 타들어가는 것 같은 고통을 느낄 것이다. 그런데 얼굴 하나 변하지 않는다는 것은 실로 대단한 일이라 할 수 있었다. 이윽고 석조에 검은색 물이 가득 채워졌고, 가드너 자작은 검은색 액체 안으로 완전히 잠겨들었다.

그에 베나비데스 제2 공작은 무언가를 웅얼거리며 두 손을 하늘로 치켜들었다. 그의 손에서 녹색의 불이 일어나 번개와 같이 사방으로 뻗어 나가며 무수히 많은 장치와 부딪쳤다.

기이이잉!

그리고 주변의 수많은 장치가 부딪쳤다. 그 모양새는 끝이 뾰족해서 피부를 뚫기에 충분했기에 그 뾰족한 끝과 연결된 곳에는 검녹색의 액체가 담겨 있었다. 그런 장치가 수십 개였고, 그 장치는 동시에 검은색 액체에 잠겨 있는 가드너 자작에게로 향하더니 석조 바로 앞에서 멈춰 섰다.

그와 동시에 검은색의 액체가 점점 그 색이 옅어지기 시작했고, 석조 역시 투명하게 변해가기 시작했다. 그 이유는 검은색 액체가 모조리 가드너 자작에게 흡수되고 있었기 때문이다. 그에 베나비데스 제2 공작은 만족스러운 웃음을 떠올렸다.

이후 그는 양팔을 서서히 내리기 시작했고, 기이한 기계 장치는 점점 더 가드너 자작의 몸 곳곳으로 향하더니 그의 피부를 뚫고 지나갔다. 조용히 눈을 감고 있던 가드너 자작이 그 순간 눈을 번쩍 떴다.

형언할 수 없는 고통이 그의 눈을 뜨게 만든 것이다. 뾰족한 바늘이 그의 근육을 뚫고 뼈까지 뚫고 지나가 뼈의 중간에 멈춰 섰으며, 뾰족한 바늘과 연결된 관 속에 찰랑이던 검녹색의 액체가 주입되기 시작했다.

가드너 자작이 몸부림치기 시작했다. 하지만 그는 움직일 수 없었다. 어떤 마법적인 힘이 그를 움직임을 억누르고 있었기 때문이다. 그의 혈관이 툭툭 붉어져 나왔고, 피부가 서서히 녹아내리듯이 벗겨졌다.

뼈가 부러지고 핏물이 석조 안을 가득 채웠다. 가드너 자작은 미친 듯이 소리를 질러댔다. 하지만 그의 비명은 석조 밖으로 흘러나오지 않았다. 그러는 동안 검녹색의 액체는 완벽하게 그의 전신으로 주입되었다.

가루가 되어버린 뼈가 다시 생성되고 흐물흐물 녹아내린 근육이 만들어졌으며, 피부가 재생되었다. 가드너 자작의 몸부림은 계속되었다. 석조 안의 물이 검붉게 물들었다가 다시 그의 몸으로 흡수되면서 투명한 색으로 변해가기 시작했다.

그의 핏줄이 돋아나고, 근육이 역동적으로 움직였다. 모든 것이 갖춰지는 그 순간.

투두두둑!

수십 개의 뾰족한 바늘이 힘없이 부러졌고, 가드너 자작은 석조를 부수며 일어났다.

"크아아아악!"

그는 거대한 포효를 내질렀다. 그의 눈동자는 검게 물들었다가 다시 붉은 색으로 변해갔으며, 다시 원래의 색으로 돌아오기를 반복했다. 무시무시한 기세가 그의 전신에서 뿜어져 나왔다. 그때 베나비데스 제2 공작의 목소리가 흘러나왔다.

"진정하라."

순간 모든 것을 파괴해 버릴 것 같던 가드너 자작의 시선이 그에게로 향하며 한 걸음 내디뎠다.

"수고했다."

"크르르."

베나비데스 공작의 말에 나직하게 울부짖는 가드너 자작. 한데 그것은 인간의 음성이 아닌 동물이나 몬스터의 울부짖음이었다. 베나비데스 공작이 손을 들어 가드너 자작의 미간을 향한 후 입을 열었다.

"쉬어라."

"크르르르."

나직하게 울부짖은 가드너 자작이 그대로 허물어져 차디찬 석실에 쓰러졌다.

"흐음, 완벽하군."

만족한 듯한 그의 음성이 흘러나왔다. 그리고 뒤도 돌아보지 않고 다시 입을 열었다.

"하나가 완성되었으니 다른 것들 역시 완성시킬 수 있겠지. 로드께 알려라, 성공했다고. 그리고 준비하겠다고."

"명을 따릅니다."

*   *   *

"저자가 용병왕이라고?"

"흐음, 천한 것이 감히 여기가 어디라고."

"허우대는 멀쩡하게 생겼군."

"비천한 놈이 허우대만 멀쩡해서 어디에 쓰게?"

"쉿! 조용히 하게. 놈은 황제의 손님이네."

"황제가 미쳤군, 미쳤어."

귀족들이 수군대기 시작했다.

"그런데 그 옆에 있는 이는 엘프인가?"

"그렇군."

"기가 막히게 아름답군."

"돼지 목에 진주 목걸이라는 말이 이럴 때 사용되는 말이지 않겠는가?"

"쯧, 그렇긴 하군."

당연히 그와 함께하고 있는 유리피네스 역시 주목받을 수밖에 없었다. 그녀는 자신의 귀를 감출 생각이 없었다. 아론 역시 그것을 권했다. 이종족과 인간은 함께 가야 할 사이이지, 질투하고 험담하며 적대시해야 할 존재가 아니었다.

그들뿐만이 아니었다.

그들 뒤에는 수인족과 드워프, 그리고 제라르와 얀센까지 임페리움 용병단의 핵심 용병들이 모두 따르고 있었다. 그런 그들에게 다가가는 자가 있었으니 다름 아닌 바티스타 제1 공작과 아우슈반츠 백작이었다.

"오셨습니까?"

"어, 그래."

먼저 말을 건 것은 아우슈반츠 백작이었고, 아론은 마치 동네 마실 나온 듯한 행동으로 그를 맞이했다. 그런 아론의 모습을 보고 바티스타 공작은 물론이고 몇 명의 귀족들 역시 눈살을 찌푸렸다.

이곳은 황실의 연회장이다. 아무리 배우지 못한 놈이라 할지라도 기본적인 예를 배우고 들어올 수밖에 없다. 듣기로 아론이 황실에 들어온 지 일주일이라는 시간이 지났고, 그 일주일 동안 황실의 예법을 교육한 것으로 알고 있다.

하지만 지금 보니 달라진 것이 아무것도 없었다. 아론은 그 모든 것을 싹 지워 버리고 자신 본래의 모습으로 행동하고 있었다. 하지만 당황한 다른 귀족들과 다르게 아우슈반츠 백작은 별달리 당황해하지 않았다.

"일주일 동안 교육을 받지 않았습니까?"

"그렇게 행동해 주랴?"

"아닙니다. 지금 이 모습이 훨씬 자연스럽습니다."

"그런데 왜 그런 말을 한 것이냐?"

"저 말고는 별로 백부님을 좋아하지 않을 것 같아서 말입니다."

그에 아론은 피식 웃었다.

"사람이 갑자기 변하면 죽는다고 하더라. 난 아직 할 일이 많아서 죽기 싫다."

"어련하시겠습니까. 어쨌든 환영합니다."

"너만?"

"저만이 아니지요. 소개하겠습니다. 제국의 제1 공작이신 데이브 바티스타 공작 각하십니다."

"만나서 반갑소. 용병왕이자 임페리움 용병단의 단장인 아론이오."

아론은 평소대로 자신을 소개했다. 그에 바티스타 공작은 헛웃음을 지었다. 해도 해도 너무한 것 같아서이다. 일개 왕국의 공작도 아니고 제국의 공작인 자신이다. 그런데 자신을 대하고도 위축되지 않고 이렇게 자연스럽게 자신을 대해서이다.

이미 아우슈반츠 백작에게 들어서 그의 무력이 어떻고 그의 성정이 어떤지 너무나도 잘 알고 있었다. 물론 바티스타 공작 자신도 허례허식을 싫어하기는 하지만 다른 귀족들은 어떻게 받아들일지 심히 고민스러웠다.

"너무 고민하지 않아도 될 것이오. 나는 정치를 할 생각이 없으니 말이오."

"하나 가지 많은 나무는 바람 잘 날 없다고 하오만."

"그 가지도 가지 나름 아니겠소?"

"그런가? 뭐, 어쨌든 이렇게 제국 최초의 용병왕을 보게 돼서 영광이오."

"뭐 영광이랄 것까지야. 오히려 제국의 소드 마스터인 공작을 보게 돼서 내가 더 영광이오."

"허허허, 하지만 별로 그렇게 보이지는 않소만?"

"아, 주변에 마스터가 많아서 말이오."

그러면서 어깨를 으쓱해 보이는 아론. 그에 바티스타 공작의 시선이 그를 따라 연회장에 온 유리피네스와 제라르, 그리고 얀센을 바라봤다. 하나같이 만만한 상대가 아니었다.

'아직 완성되지 않았군.'

그때 바티스타 공작의 귓가로 들려오는 목소리. 그에 그는 슬쩍 주변을 둘러봤는데 그 누구도 그 목소리를 들은 이는 없는 것 같았다. 입을 열지도 않고 자신에게 의사를 전달할 수 있다니.

바티스타 공작은 해연히 놀랄 수밖에 없었다. 상대방은 자신의 상태를 정확하게 파악하고 있었다. 그렇지만 자신은 상대를 파악할 수 없었다. 그가 판단한 아론은 마치 바다와 같아서 평민과 다르지 않았다.

만약 아우슈반츠 백작의 언질이 없었다면 그저 체격 좋은 평민이라 해도 믿었을 것이다.

'인피니티 마스터라고 했던가?'

솔직히 믿지 않았다.

그랜드 마스터도 없는 판국에 인피니티 마스터라니.

자신 역시 겨우 그레이트 마스터에 올랐다. 하지만 아직 그 깨달음을 모두 소화하지 못한 상태였다. 그리고 그런 자신의 상태를 단박에 알아차린 아론의 말에 심장이 덜컥 내려앉을 뻔했다.

'이 사람, 꼭 잡아야 한다.'

본능이 그렇게 외치고 있었다. 하지만 그를 제외하고 그 누구도 그런 마음이 없는 것 같았다. 그에 갑자기 짜증이 확 치솟아 올랐다.

'이런 멍청한!'

다급해졌다.

"험, 험!"

그때 바티스타 공작은 분위기를 환기시키기 위해 헛기침을 했다. 아론은 그런 바티스타 공작을 느긋하게 바라보고 있었다. 그러다 아우슈반츠 백작을 바라보며 눈으로 물었다.

'네가 시킨 거냐?'

'그냥 백부님에 대한 정보만 알려줬어요.'

그러면서 어깨를 으쓱해 보인다. 스토리는 없었다는 것이다. 이 모든 것이 바티스타 공작의 개인적인 판단에 의한 것이다.

'꽤 쓸 만하군.'

일단 어느 정도 귀족으로서의 아집은 있지만 강자를 영입하고자 하는 열망은 강했다. 그리고 나름 상황을 판단하고 주도할 수 있는 경력을 가지고 있었다. 하기는 아무리 욕심이 많은 자라고 해도 왕국도 아닌 제국의 제1 공작인 사람이라는 걸 보면 크게 감탄할 일은 아니기도 했다.

그렇게 상황이 대충 마무리되어 갈 때쯤이었다.

"황제 폐하께서 드십니다."

시종장의 외침에 웅성거림이 잦아들고 귀족들의 시선이 한곳으로 향했다. 그곳으로 제국의 황제가 입장하고 있었다.

"만민의 어버이시고 하늘 아래 유일한 존엄이신 황제 폐하를 뵙습니다!"

"뵙습니다!"

누군가 길게 선창을 했고, 귀족들은 마지막 말을 반복했다.

"모두 예를 거두라!"

황제의 중후한 음성이 토해지자 귀족들은 허리를 펴고 황제를 바라봤다.

"작금의 불민한 사태를 해결코자 병력을 일으켰고, 이에 짐은 그대들의 사기를 북돋우고자 출정 연회를 베푸니 마음껏 즐기고 몬스터를 이 땅에서 몰아내기를 바라노라."

"황제 폐하 만세!"

이후 음악이 흘러나오기 시작했다. 본격적인 연회가 시작된 것이다. 귀족들은 다시 조심스럽게 웃고 떠들며 먹을 것을 먹으며 연회를 즐기기 시작했다. 그 와중에 제이니스 황제의 걸음이 향하는 곳이 있었으니 바로 아론이 있는 곳이었다.

그에 아론은 황제를 발견하고 예를 취했다. 공작을 대할 때와는 전혀 다른 황실 예법에 너무나도 잘 부합하는 예였다.

"호오~ 그대가 제국 최초의 용병왕인가?"

"그렇습니다."

"듣기와는 다르군."

"황제 폐하께 불경했다가는 어떻게 될지 몰라서 말입니다."

"……."

순간 주변이 싸늘하게 얼어붙었다. 하나 황제는 아니었다.

"푸하하하, 이거 재미있는 친구로구만. 확실히 그런 면도 없지 않아 있지."

"생각보다 호탕하십니다."

아론은 슬쩍 웃음을 떠올리며 말했다. 그 이유는 자신의 농담을 농담으로 받아들였기 때문이다. 만약 황제가 농담을 농담으로 받아들이지 않았다면 아론으로선 상당히 실망했을지도 모른다. 어쨌든 자신은 이 제국을 살리려 하고 있으니까 말이다.

"어쨌든 즐겁게 즐기고 훌륭한 성과를 보여줬으면 좋겠군."

"믿어도 될 것입니다."

"그 말, 마음에 드는군."

황제는 아론을 떠났다. 아론과 많은 대화를 하고 싶지만 그가 관심을 가져야 할 존재는 아론만이 아니었다. 그의 모습을 보기 위해 달려온 귀족들도 있었으니 결코 한 사람에게 많은 시간을 할애할 수 없었다.

그리고 황제는 느낄 수 있었다. 아까부터 이곳을 주시하고 있는 살기 어린 눈초리. 순간 황제는 무슨 일이 일어날 것임을 직감했다. 아무리 몬스터 토벌을 위해 용병왕을 인정했다고는 하지만 모두가 완전히 인정한 것은 아니었다.

그리고 그 인정을 되돌리기 위해 지금과 같은 상황은 아주 훌륭한 기회일 수 있었다. 속고 속이는 정치판에서 오랫동안 살아남은 황제인 만큼 그런 불온한 기운을 모를 리 없었다. 그리고 솔직히 그의 실력이 궁금했다.

그래서 빠르게 물러나 준 것이다. 그리고 그의 예측은 너무나도 정확하게 맞아들어 가고 있었다. 그가 자리를 비운 그 순간 거대한 체구의 중무장을 한 귀족이 아론을 향해 걸음을 옮기고 있었다.

그 귀족이 아론의 앞에 서서 그를 내려다보며 입을 열었다.

"네놈이 용병왕이라는 놈이더냐?"

"흐음, 용병왕은 맞는데 놈은 아니지, 이 새끼야."

상대가 막나가니 아론 역시 막나갔다. 그에 몇 명의 귀족이 발끈했다.

겨우 용병 주제에 귀족에게 욕지거리를 내뱉고 있으니 말이다. 하나 황제는 그 모습을 의미심장하게 바라보며 손을 들어 그들을 제지했다.

아론의 말을 들은 독두에 외눈인 귀족이 날카로운 이를 드러내며 말했다.

"네놈의 실력을 알아봐야겠다."

"무슨 자격으로?"

"귀족으로서 제국의 안위를 위해서 당연한 권리이다."

그에 아론은 슬쩍 황제를 바라봤다. 그에 황제가 입을 열었다.

"귀족이 그렇다면 그래야겠지. 마침 여흥으로 기사와 용병의 대결을 볼 수 있겠군."

"거기에 하나를 덧붙이고 싶습니다."

"무엇을 말인가?"

"진검으로 할 것이며 죽어도 어떤 책임도 묻지 않는다는 것을 말입니다."

아론의 말에 살짝 놀란 얼굴의 황제는 슬쩍 두 공작을 바라봤고, 둘은 동시에 고개를 끄덕였다.

"귀족의 명예를 건 대결이옵니다. 당연하다 생각되옵니다."

재빠르게 제2 공작이 말했다. 그에 황제는 고개를 끄덕였다.

"옳도다. 귀족의 명예와 용병왕의 명예가 걸린 일이로다. 하여 용병왕의 조건을 받아들이노라. 근위기사단장!"

"부르셨사옵니까?"

"연무장을 사용할 수 있소?"

"언제든지 가능하옵니다."

"옳도다. 바로 연무장으로 이동할 것이니 모든 귀족은 짐을 따르라."

"명을 따르옵니다."

상황이 마련되었다. 그에 아론에게 도전한 귀족은 아론을 내려다보며 득의만만한 웃음을 떠올렸다. 독두에 애꾸눈인 귀족의 모습은 한눈에도 살기가 어려 있었다. 귀족들은 그런 사나운 귀족의 곁에 다가오려고도 하지 않았다.

"죽기 전에 내 이름을 알려주지."

"난 아론이다."

"죽일 놈. 본 작은 로드 가드너 자작이다."

"그래, 로드. 잘해보자."

"잘해봐? 곧 죽을 놈이?"

"그래, 날 죽일 자신은 있고?"

"크큭! 찢어 죽여주마."

"힘 좀 쓰게 생기기는 했네. 어쨌든 연무장에서 보자."

그리고 가드너 자작의 옆을 스쳐 지나가는 아론. 그때 가드너 자작의 입을 열렸다.

"계집년이 맛있어 보이는군."

그에 아론의 신형이 우뚝 멈췄다. 그리고 서서히 돌아서며 조금 전의 능글거리는 모습은 온데간데없이 싸늘하게 식은 눈동자가 가드너 자작의 시선을 사납게 할퀴고 지나갔다. 그러면서 그의 입가로 진득한 살심이 담긴 미소가 떠올랐다.

"찢어 죽여주지."

나직한 목소리.

순간 가드너 자작은 전신의 피가 싸늘하게 식는 느낌이 들었다.

'뭐지?'

아론의 눈동자는 포식자의 그것이었다. 한순간 사람의 기세가 변해 버렸다. 그런 가드너 자작을 두고 아론의 신형이 돌아서며 또다시 한 줄기 음성이 그의 머리를 울렸다.

'고통이 무엇인지 알려주마.'

덜덜덜.

가드너 자작은 자신도 모르게 전신을 가늘게 떨었다. 그는 명하니 사라져 가는 아론의 모습을 바라보다 그가 완전히 사라진 이후에야 가늘게 한숨을 토해냈다. 도대체 자신이 왜 그랬는지 알 수 없었다.

그래봐야 용병 놈일 뿐이다. 아주 짧은 순간 그는 공포를
느꼈다고 해도 과언이 아니다. 하지만 이내 가드너 자작은 고
개를 저으며 생각을 털어냈다. 그리고 주먹을 움켜쥐며 중얼
거렸다.

"단지 긴장했을 뿐이다."

그렇게 마음을 다잡고 그는 걸음을 옮기기 시작했다. 모두
가 사라진 연회장.

퍼석!

순간 가드너 자작이 서 있던 자리에 살짝 금이 가며 돌먼지
가 날렸다. 이것은 가드너 자작도 생각지 못한 것이었다. 하지
만 이미 모두가 사라진 자리이기에 그 현상을 본 자는 누구도
없었다.

*   *   *

웅성웅성.

황실 근위기사단이 애용하는 연무장에 기사들과 함께 귀
족들이 자리하고 있다. 그들의 시선은 연무장의 중앙으로 향
해 있었다. 그곳에는 두 명이 자리하고 있었는데 바로 아론과
가드너 자작이다.

아직 대결이 이뤄지지 않고 있기에 귀족들은 제멋대로 상황을 예측하면서 현 상황을 지켜보고 있었다. 그들은 가드너 자작이 필승하리라 여기고 있었고, 그것을 기반으로 하여 과연 저 건방지고 저급한 용병 놈이 그의 몇 합이나 견딜 수 있을지 내기를 했다.

"죽겠지?"

"당연한 것을."

"얼마나 버틸 것 같은가?"

"열 합 이내일 것입니다."

"왜? 용병왕이라면 마스터라 보는 것이 타당하지 않은가?"

"들리는 소문에 의하면 가드너 자작 역시 마스터라고 합니다."

"아니, 그게 무슨 말인가?"

상식적으로 이해할 수 없는 말이었다. 그에 귀족 중 한 명이 은밀하게 입을 열었다.

"베나비데스 제2 공작의 비밀 병기라는 말이 있습니다."

"비밀 병기?"

"그렇습니다."

딴은 이해가 가는 부분이기도 했다. 그동안 전통적으로 베나비데스 제2 공작은 기사의 세력이 약했다. 그래서 그런지 몰라도 압도적인 문관 귀족의 지지를 받고 있음에도 불구하고 쉽게 국정을 제 마음대로 주무르지 못했다.

물론 그 덕분에 바티스타 제1 공작을 중심으로 모인 황제파가 아직까지 버티고 있으면서 절묘하게 균형 아닌 균형을 이루고 있기는 했지만, 만약 이 귀족의 말대로라면 이것은 베나비데스 제2 공작이 완벽하게 권력을 쥐고 흔들 수 있는 절호의 기회라 할 수 있었다.

"자네는 그 말을 어디에서 들은 건가?"

"제 먼 사촌이 베나비데스 공작 각하 가문의 일을 돕고 있습니다."

"하지만 가문의 일을 돕고 있다고 해서 흘러나올 수 있는 말이 아닐 터인데?"

"물론 그렇습니다만……."

"밝히기 곤란한 모양이로군."

"지금은 그렇습니다."

"하긴 그럴 수밖에 없을 게야. 적어도 베나비데스 공작 각하께서 꾸미시는 일이라면 말이지."

"이해해 주셔서 감사합니다."

"어쨌든 중요한 정보 고맙네."

"아닙니다."

두 귀족의 대화를 듣고 있던 귀족은 회심의 미소를 띠고 있었다. 은밀하게 흘린 정보가 빠르게 퍼져 나간 탓이다. 이 소문의 노림수는 두 가지였다. 자칭 중도파라고 하여 아직 파벌을 정하지 못한 귀족들을 끌어들이는 것이 그 하나였다.

그리고 기사들과 그들이 움켜쥐고 있는 군부의 세력을 끌어들이려는 것이다. 마법뿐만 아니라 기사들까지 있으며 기사의 정점인 마스터가 그 중심에 있다는 것이 알려지면 어떨까? 평소 바티스타 공작에게 불만이 있으면서도 표현하지 못한 세력들이 합류할 가능성이 높아진다.

베나비데스 공작은 바로 그것을 노린 것이다. 그리고 그 계획은 지금까지 아주 잘 들어맞는 것 같았다. 그래서 소문을 퍼뜨린 귀족은 회심의 미소를 떠올린 것이다. 귀족들이 술렁이다 어느 순간 그 술렁임이 딱 멈췄다.

드디어 아론과 가드너 자작이 맞붙으려 했기 때문이다. 귀족들은 지대한 호기심으로 연무장의 중심을 바라보았다.

"무기를 꺼내라."

가드너 자작이 나직하게 입을 열었다. 그에 아론은 고개를 삐딱하게 꺾으며 말했다.

"검을 꺼낼 정도는 아니지."

"네놈이 감히……!"

분노하는 가드너 자작. 그런 자작을 보며 서늘한 미소를 떠올리는 아론. 누가 보면 아론이 악당같이 보일 수도 있을 것 같았다.

"내가 말했지, 고통이 어떤 것인지 알려주겠노라고."

"큭큭! 주둥아리는 이미 그랜드 마스터로구나."

"그래, 그 주둥아리로 한번 맞아 죽어봐라."

"시끄럽다!"

그러면서 양손대검을 들어 올리는 가드너 자작. 한데 양손 대검의 모양이 특이했다. 마치 톱니처럼 생겨서 베는 것이 아니라 살점을 뜯어낼 것 같은 소드 브레이커를 몇 배로 튀겨놓은 것 같은 모습이었다.

다만 다른 점이 있다면 한 면이 아니라 양면 모두 톱니와 같이 되어 있다는 것이다. 그러한 양손대검에 검붉은 빛의 오러 블레이드가 솟구쳤다.

"오오~"

귀족들이 놀라 탄성을 터뜨렸다. 가드너 자작이 시전한 것은 분명 오러 블레이드였다. 그에 귀족파 귀족들의 얼굴에 화색이 돌았고, 황제파 귀족들의 얼굴은 미미하게 굳어갔다.

용병과 기사의 대결이다.

난전이라면 용병이 유리하겠지만 이와 같은 정식 결투의 경우에는 기사가 유리했다. 그것은 소드 마스터에게도 적용된다. 그래서 귀족파는 환호하고 황제파는 얼굴이 딱딱하게 굳은 것이다.

하지만 그 와중에도 아우슈반츠 백작만은 침착한 표정을

지어 보이고 있었다. 바티스타 공작은 슬쩍 그런 아우슈반츠 백작을 바라본 후 손을 들어 귀족들을 진정시켰다. 지금 이 자리에서 용병왕의 실질적인 무력에 대해서 가장 잘 아는 이는 바로 그이기 때문이다.

　'두고 보면 알겠지.'

CHAPTER 6

황실에서

　바티스타 공작이 황제파에 속한 귀족들을 진정시키는 동안 아론은 끼고 있던 팔짱을 풀고 손을 뻗었다.

　그리고 손가락을 까딱까딱하며 도발하는 아론. 가드너 자작의 얼굴이 분노가 끝까지 이르렀는지 오히려 더 침착하고 냉정해졌다. 그리고는 입꼬리를 말아 올리며 진득한 살소를 떠올렸다.

　"그래, 적어도 그 정도 담은 있어야지."

　그러면서 들고 있던 대검을 느릿하게 들어 올렸다.

　후우우웅! 우웅!

그의 검을 중심으로 검은색의 연기와 같은 것들이 모여들었다. 무언가 꺼림칙한, 혹은 기분 나쁜 것들이다. 자세히 보면 검을 중심으로 모여든 검은색 연기와 같은 것에는 머리가 있었는데 머리 부분에 절규하는 악마의 형상과 같은 것들이 있다.

끼아아아악!

그리고 울부짖었다.

"어어억!"

"흐으으, 갑자기 왜 이리 춥지?"

누군가 입을 열었다. 실제 대부분의 귀족들 얼굴이 창백해지고 입술은 파리해졌으며 숨을 내쉴 때마다 입김이 새어 나오고 있었다.

"그, 그러게 말이네. 춥군. 하지만……."

그러면서도 그들은 미소를 떠올리고 있었다. 그 미소에는 탐욕과 알 수 없는 음습함이 담겨 있었다. 그동안 숨겨온 그들의 내심이 그대로 얼굴에 드러나 있었다. 그들을 바라보는 황제파의 귀족들이 눈살을 찌푸렸다.

그리고 그 수많은 악마의 형상을 한 검은색 꼬리를 가진 것들이 가드너 자작의 주변을 몇 번 휘돌더니 곧바로 먹이를 사냥하는 포식자처럼 아론을 향해 쇄도했다. 누가 보더라도 너무나도 갑작스러운 공격이었다.

'타락했다.'

바티스타 공작은 본능적으로 깨달으며 베나비데스 공작을 바라봤다. 마침 베나비데스 공작 역시 바티스타 공작을 바라보고 있었기에 둘의 시선이 얽혀들었다. 바티스타 공작의 얼굴을 딱딱하게 굳었고, 베나비데스 공작의 얼굴에는 의미심장한 미소가 떠올랐다.

'그랬던가? 결국 암흑의 힘에 손을 대고야 만 것인가?'

이미 어느 정도 짐작은 하고 있었다. 베나비데스 공작이 어둠의 힘에 손을 대고 있다는 것을 말이다. 하지만 확실한 증거가 없었다. 증거를 수집하기 위해 은밀하게 파견된 이들 모두 죽었기 때문이다. 그리고 그것을 정치적으로 어찌할 수단이 없었다.

그는 귀족파를 이끄는 수장이었고 황실 마탑의 탑주였으며 제국의 제2 공작으로 제국의 행정권을 움켜쥐고 있는 실력자였다. 확실한 증거가 아니면 그를 섣불리 건드릴 수 없었다.

지금 보이는 가드너 자작의 경우도 그러했다. 기사들은 마스터에 오르면 자신만의 권능을 가진다. 그 권능이 어떤 것인지는 본인만이 알고 있으며, 그 권능에 대해서는 그 누구도 간섭할 권리가 없었다.

누가 있어 소드 마스터의 권능을 왈가왈부할 수 있단 말인가? 그러하기에 귀족들은 그저 지금의 현상이 소드 마스터로 각성하면서 얻게 된 가드너 자작의 권능으로만 생각했다. 그레이트 마스터가 되든 그랜드 마스터가 되든 결국 그 권능의 확장과 함께 강력함이 더해질 뿐이라고 알려져 있으니까.

어쨌든 그러한 측면에서 바티스타 공작은 가드너 자작에게서 일어난 현상에 대해서 어떠한 반론도 제기할 수 없었다. 설사 반론을 제기한다 하더라도 가드너 자작과 베나비데스 공작과의 연결점을 찾기는 지극히 어려웠다.

그랬다가는 오히려 역풍을 맞을 가능성이 높았기에 그저 상황을 지켜볼 뿐이었다. 그리고 그때, 아론은 손을 들어 마치 파릴 쫓듯이 가볍게 휘저었다.

후우우웅!

퍼버버벅!

"끼아아아아아악!"

악마 형상의 긴 꼬리를 가진 구체가 섬뜩한 비명을 지르며 터져 나갔으나, 마치 연기처럼 사방으로 흩어졌다 다시 검은색 덩어리가 되어 구체를 형성하려 했다. 그러나 아론은 이미 예상이라도 한 듯 앞으로 내민 손을 움켜쥐며 공간을 비틀었다.

스스스슷!

이번에는 소름 끼치는 비명조차 없었다. 그리고 검은색 구체는 바람에 흩날리는 재처럼 사라져 버렸다.

"크음!"

그에 가드너 자작은 타격을 받은 듯 가벼운 신음을 흘리며 뒤로 주춤 물러났다. 하지만 기세가 약화되지는 않았다. 아니, 오히려 기세가 오르며 더욱더 포악하고 음습한 기운이 그의 전신에 일렁이기 시작했다.

"좋군, 좋아. 적어도 본 작의 상대가 되려면 이 정도는 돼야 지."

그러면서 그는 진득한 살소를 흘렸다. 그에게 이번 공격은 그저 상대방의 실력을 알아보기 위한 가벼운 시작일 뿐이었 다. 이내 누런 이를 드러내며 살소를 흘린 그의 얼굴이 딱딱 하게 굳으며 들고 있던 대검을 가볍게 휘둘렀다.

휘우우웅~

사방에서 검은색 바람이 불어닥치며 아론의 전신을 난자할 듯이 달려들었다. 그때 아론이 한 걸음 앞으로 걸음을 내디뎠 다.

저벅!

퐈아아앙!

가죽 북이 터지는 소리와 함께 그의 전신을 난자할 듯 달려 들던 검은색 바람이 터져 나갔다.

"크으윽!"

그 소리에 일부 문관 귀족들이 두 손바닥으로 귀를 막으며 답답한 신음을 흘렸다. 그런 문관 귀족들의 모습에 대기하고 있던 시종들이 급히 다가와 그들을 부축해 물러났고, 무관 귀족들은 심약한 문관 귀족들을 보고 혀를 차며 두 사람의 결투에 집중했다.

일부가 터져 나갔다고는 하지만 그 공간은 빠르게 채워졌고, 다시금 아론을 향해 검은 이빨을 드러냈다. 하나 아론의 걸음은 거기에서 멈추지 않았다.

퍼버벙!

공간이 진저리 치며 검은색 바람이 연신 터져 나갔고, 그러는 동안에도 심약한 귀족들은 버티지 못하고 관람석에서 벗어났다. 그 검은색 바람은 단순히 육체에만 영향을 주는 것이 아니라 정신에도 막대한 영향을 미치는 것임에 분명했다.

그럼에도 아론은 전혀 타격을 받은 모습이 아니었고, 검은색 바람은 아론의 걸음을 막아설 수 없었다. 그에 가드너 자작은 바람을 칼날로 변형시켜 아론의 전신을 난자했다. 아론은 그럴 줄 알았다는 듯이 담담하게 손을 들어 올렸다.

우우우웅!

그에 공간의 한 지점이 일그러지며 수없이 많은 검은색 칼바람을 집어삼켜 버렸다. 가드너 자작은 그 모습에 놀란 얼굴을 하면서도 결코 공격을 늦추지 않았다. 그는 수백, 수천 갈래로 갈라진 바람의 칼날을 한곳으로 집중시켰다.

콰아아아!

아론이 생성한 공간의 일그러짐과 하나가 된 바람의 칼날
이 부딪치며 거센 굉음을 일으켰다. 가드너 자작의 거대한 바
람의 칼날이 아론이 생성한 일그러짐을 베어내는 것처럼 보였
으나 바람의 칼날에 베어진 공간의 일그러짐은 금세 다시 복
원되어 버렸다.

그에 가드너 자작은 안색을 굳히며 하나가 된 바람의 칼날
을 두 개로 나누어 상하좌우를 베어냈다. 하나 공간을 잘라
낼 수는 없었다. 그러는 동안 가드너 자작이 만들어낸 검은색
바람의 칼날이 그 빛을 잃어가기 시작했다.

"크아아아악!"

그에 가드너 자작은 괴성을 지르며 대검을 양손으로 잡았
다. 그의 무표정하던 얼굴이 점점 흉신악살처럼 변해가며 두
눈이 붉게 물들었다.

"저거……."

"버서커라고 하는 것이지요."

"허어, 버서커라니……."

아우슈반츠 백작 대신 유리피네스가 입을 열었다. 처음엔
지금의 상황에 집중해 그녀의 답에 별 신경을 쓰지 않던 바
티스타 공작의 시선이 무언가를 깨달은 듯 유리피네스에게로
향했다.

"그대는……."

"임페리움 용병단에 소속되어 있는 칼도레이 유리피네스 아르나파른 바시드 멜로즈 호샬린 실 료스알브죠."

"그……."

"그냥 유리피네스 부단장쯤으로 부르면 되겠군요."

"아, 그렇소? 한데……."

"소드 마스터쯤 되면 스스로의 마나를 폭주시킬 수도 있죠. 그리고 저 가드너 자작이라는 귀족은 아무리 봐도 스스로 마나를 폭주시키고 있군요. 이건 참 흥미로운 사실인데, 저자의 마나는 오로지 마스터에 오름으로써 생성된 마나가 아닌 인위적으로 부여된 마나로군요."

바티스타 공작은 처음 그녀가 용병왕과 함께 연회에 참석할 때부터 엘프라는 것을 알고 있었다. 아니, 모든 귀족이 알 수밖에 없었다. 그녀는 일부러 자신의 정체를 숨기는 일 따위는 하지 않았기 때문이다.

그리고 지금 그녀가 하는 말이 절대적이라는 것도 알 수 있었다. 왜냐하면 이종족은 기본적으로 진실을 꿰뚫어 볼 수 있는 심안을 가지고 있기 때문이다. 엘프라는 종족 자체가 순결함과 평화로움의 대명사이고 어둠을 극도로 배척하는 종족인 것을 생각해 보면 그녀가 절대 거짓말을 하지 않는다고 할 수 있었다.

"그렇다는 것은……."

"흑마법에 의해 만들어진 마스터란 말이지요."

그녀의 말에 떨리는 목소리로 다시 입을 여는 바티스타 공작.

"그렇다면……."

"위험하지 않아요."

바티스타 공작은 버서커가 무슨 현상인지 알고 있다. 마나 이상 현상에는 두 가지가 있다. 마나의 폭주와 마나 역류 현상이다. 둘 다 종국에는 폐인이 되거나 죽음에 이르는 것임은 분명하나 마나의 폭주는 마나가 외부로 작용하면서 파괴적인 힘을 내는 경우라 할 수 있었다.

만약 소드 마스터 정도에 다다른 이가 마나의 폭주가 일어나면 최악의 참사에 이를 수 있었다. 가진 모든 마나를 폭발시켜 주변의 모든 것을 초토화시켜 버린다. 그럼에도 불구하고 유리피네스는 아론이 전혀 위험하지 않다고 했다.

"제가 아는 한 이 세계에서 그를 어찌할 수 있는 존재는 전무하니까요."

"……."

유리피네스의 말에 바티스타 공작은 침묵했다. 그는 그저 그것을 용병왕과 함께하는 자로서의 굳은 믿음이라고 생각했다. 그에 바티스타 공작은 슬쩍 유리페스의 얼굴을 살폈다. 그녀는 스스로의 말처럼 전혀 걱정하는 얼굴이 아니었다.

아니, 오히려 가드너 자작의 기세를 자세히 살펴보며 호기심을 느끼고 있는 표정이었다.

'그랜드 마스터가 아니고서야……'

그렇게 생각했다.

하지만 그것은 있을 수 없는 일이었다. 에퀘스의 성역에 있는 1좌인 굴카마스 가문의 가주조차도 그레이트 마스터로 알려져 있기 때문이었다. 물론 그 방계 가문 중 한 명이 그랜드 마스터에 올랐다는 말이 있기는 하지만, 그것은 어디까지나 소문이었다.

직계조차도 그레이트 마스터일 뿐인데 방계가 그랜드 마스터라? 어떻게 그럴 수 있겠는가? 그래서 그저 소문으로 치부될 뿐인 낭설이었다. 그런데 그런 그랜드 마스터가 용병왕이라니 어떻게 믿을 수 있겠는가?

하지만 그런 그의 생각은 바로 부정될 수밖에 없었다.

마나 폭주를 인위적으로 일으킨 가드너 자작의 무력은 이미 그레이트 마스터에 비견될 정도였다. 사방으로 검은색 꽃이 피어나기 시작했다. 오러 서클릿이라고도 하고 오러 플라워라고도 하는 그레이트 마스터의 전유물이 펼쳐진 것이다.

오러 서클릿은 오러 블레이드가 압축되고 압축돼 종내에는 환이 된 것이라 할 수 있다. 오러 서클릿은 오러 블레이드를 날카롭게 잘라 버릴 수 있었다. 그런데 오러 서클릿이 하나도 아닌 수십 개가 허공을 부유하며 아론을 향해 쇄도하고 있었다.

"오오~"

그에 귀족파의 귀족들 입에서 경탄의 소리가 흘러나왔다. 반대로 황제파의 귀족들은 다시 얼굴이 일그러졌다. 황제 또한 마찬가지였다.

'그레이트 마스터라니, 어찌 이럴 수가 있단 말인가?'

황제는 절망감에 빠져들었다. 겨우 두 명의 그레이트 마스터를 확보했다. 그래서 압도적으로 귀족파를 밀어붙일 수 있겠다고 생각했다. 한데 귀족파에서도 그레이트 마스터가 나온 것이다.

황제파에서의 그레이트 마스터 둘과 귀족파에서의 그레이트 마스터를 상징성으로 비교했을 때, 귀족파의 그레이트 마스터 한 명이 훨씬 더 앞섰다. 그 이유는 이미 행정권을 장악한 문관 귀족과 마법사가 중심인 귀족파이기 때문이다.

그런데 그런 귀족파에게 그레이트 마스터가 존재한다는 것은 이제는 기사들까지 귀족파에 가담할 수 있다는 말이 되었다. 더군다나 오랫동안 황제파와 귀족파로 나누어 싸워온 이유만큼이나 내부적으로 불만이 쌓일 수밖에 없었다.

그런데 황제파에는 그레이트 마스터에 해당하는 마법사가

존재하지 않았다. 결국 무게의 추는 다시 귀족파에게로 넘어 간것과 다르지 않았다. 그래서 황제의 얼굴이 일그러진 것이다.

하지만 세상의 일이란 결코 인간이 생각하는 대로만 흘러가지 않았다. 아론은 손을 들어 자신에게로 날아오는 검은색 오러 서클릿을 가볍게 잡았다.

"크큭! 미친!"

"쯧쯧, 용병왕이라고 해서 대단할 줄 알았더니 미친놈일 줄이야."

세상에서 자르지 못할 것이 없다는 오러 블레이드조차 잘라 버리는 오러 서클릿이다. 그런데 그런 오러 서클릿을 맨손으로 잡아가고 있었다. 그래서 사람들은 아론을 비웃었다. 미친놈이라고.

하나 아론을 비웃던 그들은 곧 입을 쩍 벌리며 놀랐다.

턱!

잡혔다.

마나로만 이루어진 오러 서클릿이, 오러 블레이드조차 젤리 자르듯 잘라 버리는 그 오러 서클릿이 맨손에 잡혔다.

그리고 와자작 깨져 나갔다.

퍼버버벅!

귀족들은 그 믿을 수 없는 광경에 그저 입을 쩍 벌리고 바라보았다. 그것은 귀족파나 황제파 모두 마찬가지였다. 도대체 어느 정도의 무력이어야 그레이트 마스터의 오러 서클릿을 맨손으로 움켜쥐어 박살 낼 수 있을까?

도저히 상상도 할 수 없었다. 이내 황제파의 얼굴에는 화색이 돌았고, 귀족파의 얼굴은 썩은 간처럼 물들어갔다. 특히 베나비데스 공작의 얼굴은 마치 바위를 연상시킬 정도로 딱딱하게 굳어 있었다.

"저게… 가능한 것인가?"

"그랜드 마스터라면……."

"가능하다는 말인가?"

"이론적으로는 그렇습니다."

감정이 전혀 실려 있지 않은 리차드 체이스 백작의 말에 베나비데스 공작은 나직하게 침음성을 흘렸다. 그레이트 마스터도 버거운 판국에 그랜드 마스터라니… 이게 도대체 무슨 일이란 말인가?

그것도 정통 귀족 가문에서 나온 것이 아닌 부랑아나 혹은 발톱의 때만큼도 여기지 않던, 귀족들이 하지 못하는 더러운 일을 도맡아서 처리해 오던 용병에서 그랜드 마스터가 나온 것이다.

물론 그가 그랜드 마스터인지, 아니면 자신이 가드너 자작에게 사용한 마법적인 힘에 의해 강화된 그런 존재인지는 알 수 없었다. 하지만 중요한 것은 그레이트 마스터의 오러 서클 릿을 무기도 아닌 손으로 쥐어서 박살 낼 정도의 실력자라는 것이다.

그에 베나비데스 공작은 본능적으로 황제와 바티스타 공작을 흘깃거렸는데 그들의 얼굴이 환희에 젖어들고 있었다. 눈살이 절로 찌푸려졌다. 그러다 문득 베나비데스 공작은 또 다른 시선과 부딪쳤는데 다름 아닌 유리피네스였다.

'흐으음.'

그는 속으로 침음을 삼켰다. 등줄기를 타고 굵은 땀방울이 꼬리뼈까지 타고 흘렀다. 엉덩이가 축축해질 정도이다. 그런 베나비데스 공작의 심정을 알기라도 하듯 유리피네스는 고혹적인 미소를 떠올렸다.

하지만 베나비데스 공작에게 그 웃음은 악마와 같은 웃음임에 틀림없었다. 기사들과 달리 마법사의 경우 서클 하나가 더해질수록 절대적인 힘을 가진다. 아무리 마나의 운용 능력이 좋다고 하더라도 한 단계 위의 마법사 앞에서는 고양이 앞의 쥐와 같았다.

그런데 바로 지금 베나비데스 공작은 바로 그런 입장이 되고 있음을 알 수 있었다. 항상 강자의 입장에서 위에서 아래를 내려다보는 입장에 서 있던 베나비데스 공작. 하지만 지금이 순간 그는 자신이 올려다보는, 아니 올려다볼 수조차 없을 정도로 까마득한 곳에 존재하는 이를 보게 되었다.

'이건……'

그는 스스로 눈을 내리깔았다. 출신조차 알 수 없는 이종
족에게 기세에서 완전히 눌려 버린 것이다. 말이 기세이지, 그
녀는 7서클 마스터인 자신을 완전히 누르고 있었다. 이것은
단 하나를 의미했다.

'마지스터……'

초마스터 마법사.

8서클의 현자.

우주의 진리를 추구하는 궁극에 다다른 자.

아무리 자신이 아뎁투스 이그젬프투스라 불리며 완전한 마
법사, 혹은 7서클의 대마도사, 혹은 모든 마법의 진의를 깨달
은 자라고 하지만 마지스터 앞에서는 태양 아래 반딧불과 같
은 초라한 존재일 수밖에 없었다.

'위험… 하다.'

본능적으로 위험을 감지했다.

하지만 지금 이 순간 자신이 할 수 있는 일은 아무것도 없
었다.

그동안 아론은 마치 허공을 날아다는 파리를 잡아채듯 자
신을 향해 쇄도하는 오러 서클릿을 박살 내고 있었다. 그에
가드너 자작은 속수무책이었다.

마나를 폭주시켜 만들어낸 오러 서클릿. 단단하고 날카롭기 그지없을 그 오러 서클릿이 수수깡처럼 부서져 나갔고, 하나가 부서져 나갈 때마다 그의 내부는 폭발하고 있었다. 다리가 부러지고, 팔이 박살 났으며, 옆구리가 터져 나갔다.

"크으윽!"

가드너 자작은 지독한 고통에 비명을 지르며 서서히 허물어져 종내 무릎을 꿇고야 말이다.

투캉!

파사사삭!

마지막 남은 검은색 오러 서클릿이 박살 나면서 먼지처럼 사라지고, 아론의 걸음이 무릎을 꿇고 거친 숨을 들이쉬고 있는 가드너 자작 바로 앞에서 멈췄다. 아론은 그런 가드너 자작을 내려다보았다.

"크크크크!"

가드너 자작의 어깨가 들썩이며 기괴한 웃음소리가 흘러나왔다. 아론은 무표정하게 그저 바라보고 있을 뿐이다. 그러다 그의 웃음이 뚝 그치며 숙이고 있던 가드너 자작의 고개가 쳐들었다. 가드너 자작의 얼굴은 피투성이였다.

두 눈에서, 콧구멍에서, 입에서, 귀에서 검붉은 색의 핏물이 줄줄 흘러내리고 있었으며, 얼굴의 피부는 녹슨 쇠처럼 붉게 변해가며 떨어져 내리고 있었다. 눈동자는 붉게 물들어 있고 초점조차 없었다.

"대단하군."

"뭐, 별거 아니지."

"이겼다고 생각하나?"

"그럼 아닌가?"

"크큭! 이런 말 아나?"

"뭔 말?"

"끝날 때까지 끝난 게 아니다."

"그래서 뭐?"

"크큭!"

"별 미친놈 다 봤네."

"그래, 미친놈이다. 하지만 네놈만큼은 지옥으로 데려갈 것
이다."

"말만 하지 말고 행동으로."

"보여주지."

그와 동시에 그의 전신이 점점 부풀어 오르기 시작했다. 그
모습에 눈살을 찌푸린 아론이 입을 열었다.

"새끼야, 내가 터질 때까지 기다려 줄 줄 알았냐?"

동시에 아론은 냅다 주먹을 휘둘렀다.

뻐억!

"꺼억!"

그에 몸을 부풀리던 가드너 자작이 휘청거렸다. 아론의 공격은 거기에서 끝나지 않았다. 지금까지 공격을 받아줬으니 이제는 너도 한번 당해보라는 듯 주먹과 발을 이용해 거칠게 가드너 자작을 두드리기 시작했다.

이것은 공격이 아니었다. 그냥 패는 것이었다. 동네 건달처럼 주먹으로 때리고 발로 밟았다. 이건 형식이고 뭐고 없었다. 그저 일방적으로 두드리고 있었다. 그럴 때마다 가드너 자작은 발작적으로 몸을 떨었고, 그의 전신에서 뱀이 탈피한 것처럼 무언가가 떨어졌다.

"저, 저런……."

귀족들은 그 모습에 당황했다. 기사들 간의 결투란 결코 이런 것이 아니었다. 명예를 더럽히는 짓은 절대 하지 않았다. 그것이 기사들의 결투였다. 하지만 이건 대체 뭔가? 동네 건달들의 일방적인 싸움과 다를 바 없었다.

하지만 그 누구도 아론을 만류할 수 없었다. 이미 가드너 자작의 수준을 파악한 이후이다. 그런데 그런 가드너 자작을 일방적으로 쥐어 패고 있는 아론을 어떻게 말릴 것인가?

"저거… 말려야 하는 거 아니오?"

어느새 바티스타 공작은 유리피네스에게 경칭을 사용하고 있었다.

"조금 더 맞아야 해요."

"그게⋯⋯."

"이미 짐작하고 계시겠지만 가드너 자작이라는 자, 어둠에 물들었어요."

"그렇기는 하오만⋯⋯."

"제가 아는 용병왕이라면 그 어둠을 정화시킬 수 있을 거예요."

놀라웠다.

하지만 놀랍기 이전에 묻고 싶은 말이 있었다.

"꼭 저렇게 해야만⋯⋯."

"그래도 개인적인 감정이 없을 수는 없잖아요."

"⋯⋯!"

유리피네스의 말에 뜨악하는 표정으로 그녀를 바라보는 바티스타 공작.

"저게 그럼⋯⋯."

"그럴 수도 있다는 이야기지요."

모호하게 말하는 유리피네스. 그에 바티스타 공작은 슬쩍 아우슈반츠 백작을 바라봤다. 바티스타 공작의 시선을 받은 아우슈반츠 백작은 어깨를 으쓱하며 명확하게 답을 내려줬다. 어쩌면 공작이 듣고 싶어하는 말이었는지도 모른다.

"백부님은 악에 물든 자들을 쉽게 용서하시지 않습니다."

"끄응!"

아우슈반츠 백작의 한마디로 바티스타 공작은 모든 것을 깨달을 수 있었다. 아론이라는 이름을 가진 용병왕은 뒤끝이 대단하다는 것을 말이다. 그저 악을 쉽게 용서하지 않는다고 했지만 저 꼴을 보니 악이 아니더라도 처참하게 다룰 것 같았다.

가드너 자작이 아론의 주먹에 허우적거릴 때마다 그가 마치 자신이 된 것처럼 바티스타 공작은 몸을 움찔거렸다.

퍼억!

그리고 아론의 주먹이 가드너 자작의 턱에 작렬함과 동시에 마치 허공에 묶여 있는 것처럼 보이던 가드너 자작의 신형이 허공을 날아 10여 미터를 나가떨어졌다.

털썩!

먼지구름이 일어났다.

아주 깔끔하게 두드려 맞은 가드너 자작은 마치 잠든 모습처럼 보였다. 다만 간혹 전신을 가늘게 떨 뿐이다. 아론은 그런 가드너 자작을 보다 쥐고 있던 주먹을 털고 고개를 한 번 돌린 후 나직하게 입을 열었다.

"이렇게 허약해서야……."

독백이라고는 했지만 그 목소리는 귀족파나 황제파의 귀족 모두에게 전해졌다. 헛기침을 하거나 애써 가드너 자작의 신형을 외면하는 귀족 등 아론의 말에 반응하는 귀족들의 모습은 다양했다.

"으하하하! 역시 용병이로다!"

정적이 감돌던 연무장에 황제의 커다랗고 통쾌한 웃음이 울려 퍼졌다. 생각 외로 강력한 용병왕, 아니 규격 외의 무력을 가진 용병왕이었다. 그레이트 마스터로 보이는 가드너 자작을 마치 어린아이처럼 가지고 놀다 실신시켰다.

이것은 완벽하게 실력 차를 보여준 것이다. 어떤 이견도 낼수 없었다. 아론은 맨주먹이었고 가드너 자작은 대검을 들었다. 검은색 오러 서클릿을 보았고, 또한 그것이 파괴되는 것을 보았다.

'강하다.'

'용병왕……'

'어쩌면 바벨의 탑과 에퀘스의 성역조차 그에게 고개를 숙일지 모르겠군.'

'용병왕이라니……'

'천추의 한이로구나.'

'황제파의 득세인 것인가?'

갖가지 생각이 귀족들의 머리를 헤집고 지나갔다. 그때 다시 그들을 일깨우는 생각이 있었다.

"이제는 인정하는가?"

"……."

"인정하옵니다."

귀족파는 말이 없었고, 황제파는 한입으로 합창을 했다. 그런 귀족파의 귀족들을 둘러보며 황제가 다시 입을 열었다.

"인정하지 못하겠다면 지금 나서라."

"인정… 하옵니다."

마지못해 베나비데스 공작이 말했다. 그런 베나비데스 공작을 직시하며 황제가 다시 입을 열었다.

"그것이 귀족 전체의 의견이오? 아니면 공작 그대 개인의 의견이오?"

"귀족… 전체의 의견이옵니다."

"정녕 그러하오?"

"그러하옵니다."

"그렇군. 그렇다면 이 자리에서 선포한다. 아론이라는 이름의 용병을 용병왕으로 인정하며 플랑드르를 용병들의 대지로 인정한다. 또한 용병왕의 작위는 대공에 준하며, 모든 귀족은 그에 준해 용병왕을 대하여야 할 것이다."

"그건……."

"문제가 있는가?"

황제의 말에 반박하려던 베나비데스 공작. 하지만 조금 전의 모습을 상상하곤 입을 닫았다. 그레이트 마스터를 이긴 자다. 대공이 아니라 대공 할아비라 할지라도 그를 잡아둘 수 있다면 작위를 줘야 했다.

그런데 대공의 자리도 아니고 그저 용병왕으로 인정하고 대공에 준하는 대우일 뿐이니 어쩌면 그것이 더 나을지도 모른다. 만약 반대한다면 국왕은 실제 작위를 내릴지도 모른다.

"또한 플랑드르를 용병들의 대지로 인정하며 오롯이 용병왕의 다스림으로 독립된 곳임을 천명하노라. 그리고 용병왕 아론에게 메르바커스라는 성과 이름과 성 사이에 '폰'이라는 호칭을 사용할 수 있음을 허하노라."

"성은이 하해와 같사옵니다."

"……."

황제파는 적극적으로 반겼고, 귀족파는 마지못해 나직하게 읊조렸다. 아론은 고개를 숙여 황제에게 예를 취했다. 황실 예법에 맞게 말이다. 그 모습에 바티스타 공작은 소름이 끼쳤다.

아론은 모든 것을 알고 있었다. 황실 예법도, 지금과 같은 상황이 벌어지리라는 것도 말이다. 그와 함께 안도의 한숨을 내쉬며 가슴을 쓸어내릴 수밖에 없었다.

'아우슈반츠 백작의 조언을 듣기를 잘했군. 그는 우리가 감당할 수 있는 수준의 사람이 절대 아님이야.'

그리고 그를 따라온 부단장이라고 불러달라는 유리피네스와 제라르, 얀센 역시 무시 못 할 전력이었다. 적어도 그들을 자신의 아래에 놓고 말하는 것이 아니라 자신보다 윗줄에 놓고 대할 수 있게 되었다.

"백부라 했는데……."

"저기 할버드를 들고 계신 분이 중부시고, 두 자루의 양손 대검을 교차한 분이 종부십니다."

"그들의 실력은……."

"두 분 다 제가 마스터일 때 이미 저보다 한 단계 위의 실력을 가지고 계셨습니다."

"허어~"

할 말이 없었다.

아마 아론이 지금의 상황을 연출하기 전이었다면 믿지 않고 코웃음을 쳤을지도 모른다. 하지만 지금은 믿을 수 있었다. 밀가루로 치즈를 만든다고 해도 믿었을 것이다.

"백작의 조언을 듣길 잘했군."

"후회하지 않으실 겁니다."

"장담할 수 있나?"

"장담할 수 있습니다."

"기사나 귀족으로서는 훌륭할지 모르나 정치가로서는 아직 멀었군."

"알고 있습니다. 하지만 확신은 확신입니다."

놀라울 정도의 자신감이다. 바티스타 공작은 그것을 백작

중에서도 젊은 편에 속하는 아우슈반츠 백작의 젊은 패기라고 생각했다. 정치판에서는 여하한 일이 있어도 확신이라는 말을 내뱉어서는 안 되기 때문이다.

정치란 오늘의 동지가 내일의 적이 되고, 어제의 적이 오늘의 동지가 되는 판국이다.

물론 철새처럼 이리저리 부화뇌동한다고 해서 훌륭한 정치인은 분명 아니었다. 그렇다고 해서 정치판의 속성이 변하는 것은 아니다.

누군가 마약을 끊게 하기 위해서는 도박을 배우게 하고, 도박을 끊게 하기 위해서는 정치를 배우게 하라고 했다. 정치는 마약보다도, 도박보다도 더 달콤하고 벗어나기 어려운 카타르시스를 전해주기 때문이다.

어쨌든 지금 이 순간 황제파는 새로운 정치판을 두고 머리에 수십 가지의 경우의 수가 스쳐 지나가고 있었으며, 새롭게 실세로 떠오른 용병왕과 어떤 관계를 유지하고 어떻게 이용할지 계산하고 있었다.

*　　　　*　　　　*

황제만을 위한 집무실.

황제와 바티스타 공작, 그리고 황실 근위기사단장과 아우슈반츠 백작이 자리하고 있고, 그 맞은편에는 아론을 비롯해 유리피네스와 제라르, 그리고 얀센이 자리하고 있었다.

그들이 이 자리에 앉기까지 무려 하루라는 시간이 지난 상황이지만 누구 하나 지친 표정을 내보이지 않았다.

"묻겠소."

황제는 아론에게 경존칭을 사용했다. 비록 용병 출신이고 아무런 작위도 없지만 그는 이미 그랜드 마스터로 인정받고 있었으며, 몇백만이 될지 모를 용병들의 왕이었으니 어쩌면 당연한 대우라 할 수 있었다.

"물으십시오."

"권력에 관심이 있소?"

"먹지도 못할 것입니다."

"먹지도 못한다……."

"평민에게 있어서 먹고사는 것보다 더 중한 것은 없습니다."

"그렇구려. 허허허."

아론의 명쾌한 답에 황제는 너털웃음을 터뜨렸다. 세상 사람들이 모두 가지고 싶어 하는 것을 용병왕은 그저 먹을 것보다 못한 것으로 전락시켜 버렸다.

"내 후대라면 모를까 당대에서는 권력이란 틀에 용병들이 가담하지 않을 겁니다."

"후대가 문제이겠구려."

"그렇다고 하더라도 그리 크게 걱정하실 필요는 없을 겁니다."

"왜 그렇소?"

"에퀘스의 성역이 권좌를 노리지 않는 것과 같은 이치가 아닐까 합니다."

"그렇군. 역시 그래. 짐이 과한 걱정을 한 것이구려."

"하지만 너무 마음을 놓진 마시길 바랍니다."

"마음을 놓지 말라?"

"올바르지 않다면 용병은 일어설 것입니다. 그 옛날 제국의 건국 황제께서 분연히 일어나신 것처럼 말입니다."

"그 말인즉슨?"

"용병은 귀족과 다르고, 기사들과 또 다릅니다. 그들의 바탕은 귀족에게 있지 않고 기사에게도 있지 않습니다. 노예가 있을 것이고, 평민이 있을 것이며, 살인자가 있을 것이고, 도망자가 있을 것입니다. 그 모든 것을 포함한 곳이 바로 용병입니다."

"알고 있소."

"그러한 용병 집단을 누군가 한 명이 좌지우지하는 것이 가능하다고 생각하십니까?"

"…불가능하군."

그럴 수밖에 없었다. 귀족이나 군대조차도 쉽게 움직이지 못한다. 하물며 각자의 자유로움을 표방하는 용병들을 그 누가 있어 좌지우지할까?

"그러하기에 용병에 대해서는 걱정하지 않으셔도 됩니다. 하지만 마음을 내려놓고 실정을 일삼는다면 용병들은 일어날 것입니다. 그들은 눈과 귀는 가장 빠르고 높으며 은밀하니까 말입니다."

"짐을 협박하는 것이오?"

"설마 협박이겠습니까?"

노해서 묻는 황제의 물음을 농담으로 받아넘겨 버리는 아론이다. 황제는 그런 아론의 모습에 헛웃음을 지어 보였다. 도대체 긴장감이라는 것이 없었다. 자신은 이 제국의 황제이고, 이 대륙의 몇 안 되는 강대국을 좌지우지하는 사람이다.

그러함에도 불구하고 마치 동네 할아버지와 농담 따먹기 하는 것처럼 자연스럽게 대하는 아론이다.

"담이 크구려."

"그랜드 마스터쯤 되면 그래도 되지 않겠습니까?"

"스스로를 그랜드 마스터라 인정하는 것이오?"

"설마요."

"아니란 말이오?"

"그랜드 마스터는 그저 거쳐 가는 과정일 뿐입니다."

"대단한 자신감이로구려."

그에 아론은 슬쩍 웃음을 떠올리며 손을 들어 올렸다. 갑작스러운 그의 행동에 모두의 시선이 그의 손을 향했다. 그리고 그들의 눈이 놀람으로 물들어가기 시작했다. 물론 유리피네스와 제라르, 그리고 얀센은 별것 아니라는 듯 시큰둥한 표정이다.

아론의 손바닥 위에서 무언가 쏘아나갔다. 처음엔 검과 같은 모양이었는데 그것은 분명 마나로 이루어진 오러 블레이드였다. 새끼손가락만 한 오러 블레이드가 수개가 생성되었고, 그것이 일렁이더니 이내 하나의 서클을 형성했다.

가락지와 같은 굵기의 오러 서클릿이 아론의 손바닥 위에서 제멋대로 돌더니 이내 하나씩 자리를 잡고 꽃이 만들어지기 시작했다. 사람들이 오러 플라워라 불리는 바로 그것이다.

말이 오러 플라워이지 본 적도 없는 이들이다. 아론은 손바닥을 툭 쳐서 오러 플라워를 허공에 띄웠고, 오러 플라워는 아론의 손바닥을 벗어나 허공을 부유하기 시작했다. 몇 개의 오러 플라워가 허공에 떠오름과 동시에 다시 몇 개로 분화하고, 이내 수없이 많은 오러 플라워가 눈처럼 집무실을 가득 채웠다.

오러 플라워는 이리저리 마음대로 움직이며 사람들의 눈을 현혹시켰고, 사람들은 황홀한 듯 오러 플라워를 바라봤다. 오러 플라워 한 송이가 탁자 한가운데 떨어져 내렸다.

푸스스슷!

그에 황홀경에 젖어 있던 이들의 눈은 더 이상 커질 수 없을 정도로 커졌다. 손가락 한 마디보다 작은 오러 플라워였다. 그런데 탁자가 마치 먼지처럼 사라져 버린 것이다. 물론 아무것도 없는 그저 장식용 탁자지만 황제의 집무실에 놓여 있는 만큼 단단하기가 일반적인 것과는 전혀 달랐다.

그럼에도 불구하고 오러 플라워는 여전히 나풀거리면서 움직이고 있었다. 아론은 다시 손을 휘저었고, 사방으로 흩어져 나풀거리던 오러 플라워가 다시 아론의 손으로 모여들어 하나의 작은 소검 형태가 만들어졌다.

아론이 다시 손을 저었고, 소검은 다시 허공을 부유하기 시작하더니 창문을 관통해 창문 밖에 있는 나뭇가지 하나를 잘라냈다. 잘린 나뭇가지는 허공에 잠시 머물다 아론이 날려 보낸 소검과 함께 그의 손안으로 빨려들어 왔다.

소검은 사라지고 그 손안에 아직 싱싱함을 간직한 나뭇가지가 놓여졌다. 아론은 손을 저어 그 나뭇가지를 바티스타 공작에게로 보냈다. 바티스타 공작은 자신도 모르게 자신에게 날아드는 나뭇가지를 받아 들었다.

"으음."

그는 둔중한 신음을 흘렸다. 가볍게 받아 든 나뭇가지였다. 하지만 그 나뭇가지에 담긴 경력은 진심으로 감당하기 어려울 정도였다. 자신은 아직 완벽하게 소화하지는 못했지만 아우슈 반츠 백작과의 대련으로 인해 그레이트 마스터에 올랐다.

일반적인 경력으로는 자신을 어찌할 수 없음을 너무나도 잘 알고 있었다. 한데 아론이 깃털처럼 살짝 자신의 손 위에 올려준 나뭇가지는 이루 형언할 수 없는 무거움을 담고 있었다.

하지만 놀라움은 거기에서 끝나지 않았다. 생생하게 살아 있는 나뭇가지 때문이다. 보통 방금 전에 자른 나뭇가지가 생생하지 그럼 죽었을까 하고 말하겠지만 검이 닿은 나뭇가지는 죽음이라는 것이 존재할 수밖에 없다. 생의 기운이 아닌 죽음의 기운 말이다.

그런데 아론이 준 나뭇가지에는 죽음의 기운이 전혀 없었다. 오로지 파릇파릇한 생의 기운만 가득했다. 감탄할 수밖에 없었다. 자신이 나뭇가지를 벤다면 이렇게 벨 수 없었다. 이미 그는 검에 생의 기운을 담을 수 있을 정도의 사람이었다.

검은 무기다.

무기란 살리는 것보다 죽이는 것에 사용되는 것이 정설이다.

그런데 아론이 휘두른 오러 플라워, 아니 오러 플라워가 다시 모여 하나의 무형의 검이 되었으니 인피니티 소드라 해도 될 것이다.

'인피니티 소드? 아! 그는 이미 그랜드 마스터를 넘어섰구나.'

직감적으로 깨달은 바티스타 공작, 그리고 황실 근위기사단장으로 있는 드미트리우스 존스 백작 역시 놀라기는 마찬가지였다.

바티스타 공작에게는 어떨지 모르나 나뭇가지에서 느껴지는 기운이 상상을 초월했기 때문이다.

세세하게는 모르겠지만 그도 느낄 수 있었다.

'그는 그저 그랜드 마스터 정도의 인물이 아니다. 그는 반드시 잡아야 하는 사람이다.'

절대 적으로 만나지 말아야 할 사람이었다. 그것은 지금까지 그가 황실에서 보여준 일련을 행동을 보고도 알 수 있었다.

그는 전혀 위축됨이 없었다. 제국의 황제를 보고서도 농담을 할 정도이다.

그런데 거기에 더하여 상상을 초월할 정도의 무력을 지니고 있었다. 놀라는 둘을 바라보다 다시 시선을 황제에게 둔 아론이 입을 열었다.

"권력이라는 것이 별로 필요 없습니다."

"그런 것 같소. 믿겠소."

"믿어도 될 겁니다."

"그럼 믿고 맡기겠소."

"그리고 준비해야 할 것이 있습니다."

"준비해야 할 것이라……."

"지금부터 잘 들어주시기 바랍니다."

그러면서 아론은 서서히 대화를 이어나가기 시작했다. 아
론의 말은 참으로 오랫동안 이어졌다.

CHAPTER 7

용병들이여

일어나라.

이 제국을 위해서가 아니라 그대들의 후대에게 지금의 자신
을 물려주지 않기 위해서.

비난의 손길을,

비웃음을 물려주지 않기 위해서.

길지 않은 글이다. 글을 읽지 못하는 용병이 대다수였으나
글로서 전해지는 것이 아니라 입에서 입으로 전해지고 있었
다.

"갈 테냐?"

"가봐야 뭐 할 일이 있겠냐?"

"그래도 용병왕이잖냐."

"용병왕이 별거냐?"

"별거지."

"별거라고?"

"지금까지 용병왕이 있었냐?"

"그야……."

"제국의 황제로부터 인정받은 용병왕이 있었냐?"

"없… 었지."

"용병들의 대지가 공식적으로 인정받은 적 있냐?"

"없지."

"그런데 인정받았다."

"그렇다고 달라질 것이 있나? 용병은 여전히 손가락질 받고, 화살받이로 사용되고 있다."

"그건 잘못된 생각이다."

"뭐가? 뭐가 잘못된 생각이냐?"

"용병왕과 용병들의 대지는 이제 시작이다. 인정받은 지 겨우 한 달도 되지 않았다. 그런데 그런 그들에게 대체 무엇을 바라는 것이냐. 오히려 우리의 도움 없이 용병왕으로 인정받고, 용병들의 대지를 인정받았다. 우리가 그에게 도움을 준 것이 있나?"

"그건⋯⋯."

"용병왕이 되었으니 당연히 용병들을 위해 희생하라고 말하지 마라. 우리는 그를 용병왕이 되도록 도와주지 못했다. 그러니 용병왕이 우리를 위해 아무것도 해주지 않았다고 그를 비방하지 마라."

"그래, 준 것이 없으니 받을 생각도 안 한다. 그래서 난 안 간다."

"그래? 그럼 넌 남아라. 나는 가보겠다. 그래서 확인하고 싶다."

"멍청한 놈."

"누가 멍청할지는 두고 보면 알겠지."

"모르겠냐? 그놈들 역시 귀족들의 하수인이라는 것을?"

"가보면 알겠지. 확인해 보면 알겠지."

"멍청한 놈!"

"멍청해도 좋다. 난 용병들의 대지를, 또한 용병왕을 지지한다."

"개떡 같은 소리. 이놈이나 저놈이나 다 똑같다."

"그래도 희망은 있다."

그렇게 한 명의 용병이 플랑드르로 떠나갔다. 한 명의 용병만이 아니었다.

"어떻게 생각하나?"

답은 없었다.

"용병왕이라……."

제국의 10대 용병단 중 수위를 차지하고 하고 있는 레드 와
이번 용병단의 단장 크락수스는 부단장과 참모들, 그리고 세
개의 전투단 단장을 모아놓고 회의를 하고 있었다. 하지만 뾰
족한 답이 나오지 않았다.

그들이 둘러앉은 회의 탁자 가운데에는 황제로부터 내려
온 칙서가 있었다. 바로 이번 몬스터의 대규모 창궐을 막아내
기 위해 전투단을 파견하라는 내용이었다. 그런데 이들은 칙
서를 놓고 대화를 하는 것이 아니라 바로 용병왕에 대해 얘기
중이었다.

거슬렸다. 지금까지 용병왕에 가장 가까운 사람이 바로 자
신이었기에 자신들이 몸담고 있는 용병단이 될 줄 알았고, 자
신들이 속한 용병단이 위치한 곳이 용병들의 대지가 될 줄 알
았다. 그런데 전혀 생각지도 못한 곳에서 용병왕이 탄생했고,
용병들의 대지가 되어버렸다.

허탈하고 분노할 수밖에 없었다.

평소 친밀한 관계에 있던 귀족들과 자신이 용병왕이 될 수
있도록 열심히 뇌물을 먹인 귀족들에게 가서 따져보아도 소용
없었다. 이미 황제 폐하의 결심은 변하지 않는다면서 외면했

다. 화를 내보기도 했다. 하지만 화를 내봐도 소용없었다. 오히려 문전박대를 당하기 일쑤였다. 그리고 허탈한 심정으로 모두 이 자리에 앉아 있는 것이다.

"어처구니가 없군."

"죄송합니다."

"뭐, 자네가 죄송할 것은 없지. 뒤통수를 친 것은 자네가 아니라 귀족들이니까."

"그렇다고 해도 방심한 것은 사실입니다."

"그건 나도 마찬가지야. 그동안 먹은 것을 모두 토해내면서까지 문전박대할 줄이야……."

"뭔가 있기는 있는 모양입니다."

"그래, 그렇겠지. 듣자 하니 바티스타 공작과 새롭게 떠오르는 권력이라고 일컫는 아우슈반츠 백작의 절대적인 지지를 받았다고 하던데 말이지."

"황제의 신임도 대단하다고 합니다."

"들려오는 말에는 귀족파에서 이번에 새로 영입한 그레이트 마스터와의 생사대전에서 승리했다고 합니다."

"그레이트 마스터?"

"그렇습니다."

"얼마나 신빙성이 있나?"

"적어도 거짓은 아닌 것으로 판단됩니다."

참모들은 자신이 알아본 바를 중구난방으로 떠들기 시작했다.

제국의 10대 용병단으로서 무려 6만에 이르는 대규모의 용병을 보유하고 있는 레드 와이번 용병단이다.

용병단이 용맹한 만큼 영지전이나 전쟁 용병단으로서 명성을 떨치고 있었다. 만약 용병왕이 나오거나 모든 용병을 대표할 만한 용병단이라고 하면 자신들이 될 가능성이 높았다.

물론 두 번째의 자리를 차지하고 있는 블랙 스완이라는 용병단이 문제이기는 했지만 열 개의 용병단 중 유일하게 여성단장이라는 것이 걸림돌이 되었기에 가능한 일이기는 했다.

어쨌든 지금의 상황을 해결하긴 해야 했다.

"여기서 왈가왈부해 봐야 좋은 결론은 못 나올 것 같고, 이 칙서에 대해서는 어떻게 해야 할 것 같은가?"

"당연히 따라야 하지 않겠습니까?"

"하지만 따르기에는 상황이 그리 좋지 않습니다."

정보를 담당하는 맥스의 답에 작전을 담당하는 군트가 반발했다. 그에 크락수스의 시선이 군수를 담당하는 콜슨에게로 향했다.

"지원을 얻어낸다면 그리 무리가 따르지 않습니다."

"여기에 모든 비용은 용병왕을 통해 지원된다고 되어 있더군."

"그렇다면 그 용병왕을 과연 어느 정도 신뢰할 수 있느냐가 문제이겠지요."

지금까지 조용하던 부단장이 입을 열었다.

"자네는 어떻게 생각하는데?"

"나쁘지 않습니다."

"나쁘지 않다? 왜?"

"욕을 먹든 칭찬을 듣든 지금은 누군가 나서서 용병들의 이익을 대변해야 할 때입니다."

"그렇지 않아도 잘해왔어."

"하지만 그렇게 되면 화살받이에 지나지 않을 겁니다."

"이번에는 다른가?"

"칙서에는 용병들을 하나의 정식 조직으로 인정한다고 했습니다."

"정식 조직이라……."

"정식이라 함은 지원과 함께 모든 것이 정예병과 동일하게 적용됨을 의미하는 것이고, 귀족의 휘하에서 전선을 형성하는 것이 아닌, 용병 독자적으로 전선을 형성한다는 것을 의미합니다."

"그렇군. 그런데 그게 마음에 들지 않는다는 것이야. 그런 자리는 우리가 추구하던 자리라는 것이지. 그런데 어디서 듣도 보도 못한 놈이 나타나서 우리가 해야 할 것을 가로챘으니까."

그에 부단장은 쓴웃음을 떠올렸다. 크락수스 단장은 결코 지금의 상황을 용인할 생각이 없는 것이다.

"중요한 것은 지금의 몬스터 웨이브가 전방에만 국한된 것이 아니고 과거의 몬스터의 웨이브와 다르다는 것입니다."

"달라봐야 얼마나 다르다고."

"이미 수십 개의 성이 무너졌습니다."

"귀족들이 멍청해서 그렇지."

"그렇게 부정만 할 것이 아닙니다."

"아니, 부단장님은 지금 애송이 용병왕을 두둔하는 것입니까?"

"두둔이 아니라 현실을 직시하자는 말이야."

"아니, 이게 두둔이 아니면 대체 뭐란 말입니까?"

"이봐, 오스본. 조용히 좀 해봐."

부단장의 말에 발끈하던 전투 2단장인 오스본이 단장의 말에 입을 닫았다.

"자네는 콜슨이나 군트, 그리고 맥스가 파악하지 못한 것을 파악하고 있는 것이지?"

"조금은 있습니다."

"풀어봐."

"이번 몬스터 웨이브는 오크들에 의해 발생한 것이라는 정봅니다."

"뭐? 오크?"

"그렇습니다."

"말도 안 되는 소리를……."

부단장의 말에 전투 1단의 단장인 머독이 부정했다. 하지만 이어지는 부단장의 말에 입을 닫을 수밖에 없었다.

"내 출신을 안다면 내 인맥이 어떻다는 것을 알고 있겠지?"

"그건……."

부단장 비스트가 전방의 정규 기사단 출신이라는 것을 모르는 이가 없었다. 그의 본명까지 밝히지는 않았지만 그는 분명 기사 출신이었다. 그것도 꽤나 명망 높은 기사 출신이었고, 그로 인해 전방 상황에 대해 전해 들은 소식은 매우 정확한 신뢰도를 가지고 있었다.

그리고 이번에도 틀리지 않을 것이다. 그의 정보는 틀린 적이 없었다.

"그래서 전방의 상황이 어떻다던가?"

"귀족파와 중도가 몰락했습니다."

"몰락?"

"트로비스 공작 각하께서 전방의 모든 부대를 장악했습니다."

"그런데?"

"그 과정에서 저에게도 소식이 전해졌습니다."

"복귀하라고?"

"그렇습니다."

"그래서 생각은?"

"없습니다."

명확하게 답을 하는 부단장. 그에 단장은 적잖이 안심했다는 표정이다. 자신보다 무력은 약하지만 그가 가진 조직 장악력은 실로 무서울 정도였기 때문이다.

"그래서 오크가 몬스터들을 움직인다는 말은 그들에게 들은 정보인가?"

"그렇습니다."

"그렇다면 어느 정도 신뢰성이 높겠군."

"거의 9할 이상일 겁니다. 그리고 그곳에서 용병왕의 활약이 있었다고 하더군요."

"용병왕의 활약?"

"북부 방면 동부군에 속한 용병 만인대를 구하고 동부 전선을 밀어 올렸다고 합니다."

"그런……."

"참여한 용병 중에는 이종족의 용병도 있었다고 합니다."

"이종족의 용병?"

"그렇습니다."

"크음……."

신음을 하지 않을 수 없었다. 소문은 들었다. 제국의 10대 용병단과는 별개로 하나의 마을을 형성하고 있던 세 개의 용병 마을을 말이다. 대부분 북부에 위치하고 있어서 이곳 남부까지 소식이 전해지기까지는 시일이 걸렸지만 어쨌든 그 세 개의 용병 마을이 초토화되었다는 말을 들었다.

사실 별로 관심 없었다. 그 세 개의 용병 마을이 초토화되어 사라졌다면 오히려 그들의 힘을 흡수할 수 있게 된 것이니까 말이다. 그런데 그 세 개의 용병 마을이 어떻게 됐는지 부단장에게 들을 수 있었다.

이종족 용병들이 용병왕을 따라 전투에 참여했다는 말은 사라진 세 개의 용병 마을 용병들이 모두 용병왕에게 흡수되었다는 것을 의미한다. 결코 좋지 않은 상황이라 할 수 있었다. 우든 마을이나 토툰 마을은 문제가 안 된다.

문제가 되는 것은 가장 수가 적으면서도 조금은 신비로운 구석이 있던 이종속의 용병 마을인 쿠테란 마을의 용병들이라 할 수 있었다. 그들을 흡수했다는 것은 용병단의 힘이 비약적으로 상승했다는 것을 의미한다.

그리고 제대로 된 힘을 발휘하지 못하고 있는 이종족들을 흡수한 것과 다르지 않은 말이었다. 그래서 크락수스 단장이 인상을 찌푸린 것이다.

"그리고 전방의 병력을 완벽하게 장악한 트로비스 공작 각하의 전언에 따르면……."

"따르면?"

"그는 감히 내가 재단할 수 있는 자가 아니다."

"끄으응……."

심각한 말이 튀어나왔다.

일인지하 만인지상이라는 작위를 가진 공작조차 함부로 재단할 수 있는 자가 아니라니…….

"그 이후 그는 황실에 초대되었고, 이런 결과가 나왔습니다."

"그를… 받아들여야 한다는 말인가?"

"그것은 나중의 문제입니다."

"나중의 문제라……. 하면 지금 당장의 문제는 뭔가?"

"평가를 해야지요."

"평가?"

"그가 과연 용병왕이라 불릴 수 있고, 용병을 대표할 수 있는 자인가를 말입니다."

"결국 그를 만나야 한다는 말이로군."

"욕심을 부릴 때가 아닙니다."

"지금… 욕심이라고 했나?"

"욕심 아닙니까?"

"말이 지나칩니다."

그때 괄괄한 성격의 블레이즈 전투 3단의 목소리가 튀어나왔다.

"뭐가 지나친가? 우리 솔직해지지. 모두 가슴 한구석에 한 자리 해보겠다는 생각이 없나? 진정으로 용병을 위해서 우리가 용병의 대지를 만들고 단장님을 용병왕으로 만들기 위해서 뛰고 있는 것인가?"

"부단장님!"

"까놓고 이야기해 보자는 말이다. 지금 여기 다들 한자리씩 하고 있지. 그리고 한 무리를 이끌고 있고, 거기에 그 무리의 절대적인 지지를 받고 있지. 여기 단장님이 있는데도 불구하고 말이야."

"그건……."

"내 말이 틀렸다면 부단장의 자리를 내놓지."

부단장의 말에 단장을 비롯한 모두가 침묵했다. 아닌 게 아니라 자신들은 세력을 구축하고 있었고, 공공연히 나만의 세력이라고 말하고 다닐 정도였다. 분열은 아니지만 용병들은 그것이 당연한 줄 알았다.

하지만 부단장이 보기에는 아니었다. 자신들은 너무 빨리 수프를 마시고 있었던 것이다. 그리고 그때 깨달았다. 단장의 그릇은 그 정도라는 것을 말이다. 그래서 과감하게 지금 자신의 생각을 표현하고 있는 것이다.

"그래서?"

그때 조금은 갈라진 듯한 단장의 목소리가 들려왔다.

"일단 만나보시죠."

"만나서?"

"판단하셔야지요. 그 사람에게 우리 용병들의 미래를 맡길 수 있는지, 그리고 그자가 정말 사심 없이 용병들을 위한 자이고 용병들을 대변할 수 있는지 말입니다."

"자네는 어떻게 생각하나?"

"용병왕이 보내온 공문을 보시지 않았습니까?"

부단장의 말에 단장은 슬쩍 군트를 바라봤다.

"커흠. 지금 보여드리려 했습니다."

헛기침을 하며 용병왕으로부터 온 공문을 탁자 위에 내놓는 군트. 그에 단장의 눈이 날카로워졌다.

"다음부터는 빨리 전해줬으면 좋겠군."

"그야 물론입니다."

단장은 공문을 받아 들고 읽어 내리기 시작했다. 하지만 오래가지 않고 부단장에게 넘기며 입을 열었다.

"젠장! 읽을 수가 없군."

그에 피식 웃으며 공문을 받아 들고 읽어 내리는 부단장. 용병들의 자각을 촉구하는 내용이었다. 그리고 제국의 정예병에 준하는 일당을 지급하고, 그 실력에 따라 공정한 배분을 하겠다는 것이다.

"그 말을 어떻게 믿지?"

"이것조차 지키지 못한다면 용병왕으로서 자격이 없지 않겠습니까? 그때는 단장께서 나서도 됩니다. 많은 용병들이 있는 곳이니까 말입니다."

"그거 괜찮은 생각이로군. 그럼 그렇게 하지."

"알겠습니다."

단장의 말이 떨어지기 무섭게 참모들과 전투단의 단장이 자리에서 일어났다. 그때 단장이 자리에서 앉은 채로 입을 열었다.

"지금까지는 유야무야 넘어갔다. 하지만 앞으로는 그러지 않을 거야. 명확하게 인지해 두는 것이 좋아. 내가 왜 단장이고 마스터인지 말이지."

"알겠습니다."

모두가 나간 그 자리를 오로지 부단장만이 지키고 있다.

"할 말 있나?"

"하실 말씀이 있을 것 같아서 말입니다."

"크음."

부단장의 답에 헛기침을 크게 하고 자리에서 일어나 컵에 독한 럼을 가득 채운 후 입을 열었다.

"지고 들어가는 느낌이야."

"단장님이 그렇게 느끼셨다면 그렇겠지요."

그에 단장은 부단장을 빤히 바라봤다.

"젠장."

"대세라는 것이 있습니다."

"그 대세가 내가 아니라는 거지?"

"아까 말씀드렸습니다. 황제와 공작이 그를 지지합니다. 또한 무력으로는 그레이트 소드 마스터를 간단하게 찜 쪄 먹을 정도입니다. 들어보니 인성도 상당히 담백해 누구라도 그를 따른다고 들었습니다."

"쓰벌, 한평생을 바쳤는데 어디서 듣도 보도 못한 놈에게 빼앗기는군."

"솔직해지시죠."

"뭘?"

"솔직히 용병왕에 관심 없잖습니까?"

"……."

그에 그를 빤히 처다보는 단장. 그러다 긴 한숨을 내쉬며 거칠게 의자를 잡아당겨 앉았다.

"그래, 솔직히 관심 없어. 욕심은 있지. 난 내 그릇이 어느 정도인지 아주 잘 알고 있어. 용병왕의 그릇은 아니지만 한 지역의 패주 정도는 된다고 말이야."

"그러면 용병왕에게 말하십시오."

"뭐라고?"

"한 지역을 달라고."

"달라면 주겠나?"

"용병왕이 그 정도의 눈도 없다면 눈알을 빼버려야지요."

"큭!"

실없이 웃어버리는 단장. 그는 단숨에 독한 럼을 마시고 입을 열었다.

"젠장. 어떻게든 되겠지. 부단장 말대로 한번 해보자고."

"옳으신 결정입니다."

*   *   *

플랑드르에 용병들이 모여들기 시작했다. 용병들만 모여드는 것이 아니라 제국에서 알아주는 용병단 역시 모여들고 돈냄새를 맡은 상인들 역시 모여들기 시작했다. 귀족들은 그 추이를 예의 주시하기 시작했다.

그 이유는 아직까지 버틸 만은 하지만 용병들이 모여드는 것을 제재할 여력이 없는 탓이었고, 더욱 결정적인 것은 황제가 그 모든 것을 용인했다는 것이다. 그래서 지금 플랑드르에는 수십만의 용병들이 바글바글했다.

와장창창!

우지끈! 파사사삭!

그리고 거친 용병들이 모여든 만큼 폭력이 난무하지 않을 수 없었다. 나무로 만들어진 여관의 문이 박살 나며 용병 몇 명이 정신없이 튕겨져 나왔다. 그리고 그들을 따라나서는 용병이 있었다.

아니, 용병이 아니었다.

거대한 체구에 회색 피부를 가지고 아래에서 위로 솟아난 커다란 송곳니를 가진 존재, 바로 오크였다.

"나는 임페리움 용병단의 부단주 카툼이다. 회색 오크 일족임과 동시에 플랑드르의 경찰대장이지."

용병들은 신기한 듯이 그 모습을 지켜봤다. 오크가 인간의 말을 한다. 아주 정확하게 말이다. 그리고 소속도 말한다. 또한 그런 오크가 이 플랑드르의 치안을 도맡아서 하고 있는 경찰대의 대장이었다.

플랑드르는 특이하게 자경대라는 것이 없이 플랑드르의 전체를 관할하는 임페리움 용병단 소속에서 임명한 경찰이 존재했다. 자경대와 전혀 다르지 않았으나 치안권과 함께 위급 시 처결권까지 가지고 있었다.

"이 오크 새끼들이……."

"우리를 인정하지 못한다면 플랑드르에서 나가라. 용병왕은 우리를 종족으로 인정했고, 이곳 플랑드르의 치안을 책임질 경찰로 임명했다."

"뭬! 난 인정 못한다."

"그렇다면 나가라."

"나가지도 않을 것이다."

"그것은 네가 결정할 사항이 아니다. 너는 분명 플랑드르 내에 존재하는 타인의 재산을 손괴했다. 이에 따라 적절한 보상을 해야만 한다. 하지만 그런 보상조차 받아들이지 않고 오히려 용병들을 선동했다."

"용병은 용병다워야 한다."

"무엇이 용병다운 것인가? 법을 어기고 제멋대로 굴며 약자를 괴롭히는 것이 용병인가? 진정 그것이 용병인가?"

카툼의 물음은 비단 바닥에 제멋대로 나뒹굴고 있는 용병에게 묻는 것이 아니었다. 구경하고 있는 모든 용병에게 묻고 있었다.

"나는 경찰대장의 말에 동의한다."

그대 한 늙은 용병이 앞으로 나서며 말했다. 얼굴에 상처가 있고 덥수룩한 수염을 가지고 있지만 참으로 당당한 체구를 가지고 있었다.

"애꾸눈 잭!"

누군가 알아보는 것을 보면 그 늙은 용병은 꽤나 유명한 용병인 듯했다.

"제발 힘 좀 있다고 약한 새끼들 괴롭히지 말자. 너나 나나 다 평민이고 도망자며 부랑자다. 우리끼리 싸워서 대체 뭐가 남나? 그리고 저 회색 오크들은 분명 우리와 함께 싸웠다. 내가 같이 싸웠으니까. 그러면 동료 아닌가? 내 등을 지켜줬으면 동료 아닌가? 거기에 종족이 필요한가?"

"나 또한 애꾸눈 잭의 말에 동의한다. 알량한 힘은 힘없는 사람에게 쓰는 것이 아니라 동료를 지키고 몬스터를 쳐부수는 데 사용하는 것이지."

"그렇지. 그래, 용병들의 대지는 그렇게 유지되어야 하지."

대부분의 용병이 카툼의 말에 동조하고 나섰다. 그에 당황한 것은 쓰러져 여전히 엉거주춤하게 있는 용병이었다. 그에 카툼은 고개를 들어 외쳤다.

"연행해!"

"몃!"

회색 오크들이 분란을 일으킨 용병의 무기를 압수하고 그를 연행해 갔다. 그리고 카툼은 여관 주인에게 가서 무언가를 건넸다.

"이것을 가지고 행정청에 가면 적법한 절차에 따라서 배상을 해줄 것이오."

"그 말이……."

"사실이오."

"아이고, 고맙습니다."

허리를 굽히는 여관 주인. 그때 누군가 입을 열었다.

"그렇다면 용병왕에게 손해가 아니오?"

"손해가 아니오."

"어째서 그렇소?"

"연행한 용병은 적법한 절차에 따라 죄를 물을 것이며 기물 파손에 대한 책임을 져야 할 것이오."

"아무것도 없는 무일푼이라면 어떻게 되오?"

"그렇다면 일정 기간 동안 플랑드르에 노동력을 제공해야 할 것이오."

"오호! 그렇다면 그 책임을 묻는 과정을 지켜봐도 되오?"

"물론이오. 플랑드르의 각 지역에 설치된 법률관에 가면 공시가 있을 것이오."

"좋소, 지켜보리다."

"그럼 모두 즐거운 시간 되길 바라오."

그렇게 카툼은 물러났다. 용병들은 흥분을 가라앉히고 방금 전의 상황을 돌이켜봤다. 애꾸눈 잭은 컵에 가득 담긴 럼을 단숨에 들이켠 후 나직하게 입을 열었다.

"재미있군."

"그러게."

그들은 술을 마시며 여관 내 홀을 둘러봤다. 이곳에는 인간만 있는 것이 아니었다. 호족도 있고 엘프, 노움, 오크도 있었다. 세상 어디에도 이런 곳은 없었다. 그래서 흥미로웠다.

이런 곳은 본 적이 없으니까 말이다.

"흐음, 자리가 없는데 합석해도 되겠나?"

고개를 들어보니 오크였다. 그에 애꾸눈 잭은 어깨를 으쓱해 보이며 허락했다. 그에 고맙다는 듯이 고개를 까딱해 보이며 자리에 앉는 오크.

"참 별일이로군. 내가 살다 살다 오크와 술자리를 같이할 줄은 몰랐거든?"

"그런가?"

"아, 오해는 하지 말라고."

"뭐 나도 그렇게 속 좁은 오크는 아니야."

"그런가?"

"나 또한 인간이 느끼는 감정 그대로를 느끼고 있으니까."

"그래?"

"나도 별로 오래 살지도 않았는데 인간은 물론이고 엘프와 한자리에서 웃고 떠들 줄은 몰랐지."

"음? 엘프를 별로 안 좋아하나?"

"뭐, 고전 역사에 나오는 태생이 그래서 말이야."

"그런가?"

그런 복잡한 사정은 별로 궁금하지 않다는 듯이 럼을 홀짝

이는 용병. 그러다 문득 뭔가 생각났다는 듯이 물었다.

"그런데 여기엔 어떻게 오게 된 거지?"

"이야기하자면 길어."

"그런데 인간의 언어를 썩 잘하는군. 따로 배운 건가?"

"인간들 틈에서 살아남으려면 어쩔 수 없지 않은가?"

"그렇기도 하군. 그런데 정말 오크들이 몬스터를 조종하는 것 맞나?"

"불행하게도."

"허어, 그 말이 정말이었다니. 그런데 오크 말고도 강한 몬스터가 많은데?"

"그건 말이지."

그러면서 럼을 한잔 쭉 들이켜고 머리를 톡톡 건드리는 오크였다. 그에 맞은편에 앉은 용병은 단박에 이해했다.

"그렇군. 몬스터는 머리가 없군. 하지만 그렇다 하더라도 절대 쉽지 않을 텐데?"

"인간에게는 마법사가 있듯이 오크에게는 주술사가 있거든."

"아, 주술사!"

이제야 알겠다는 듯이 고개를 끄덕이는 용병들. 어느새 여관의 홀 안에 있는 모든 이가 오크와 인간 용병의 대화에 귀를 기울이고 있었다.

"그런데 왜 지금까지 오크들은 종족이 되지 못한 거지?"

"그것 역시 이것 때문이다."

그러면서 역시 머리를 톡톡 건드리는 오크.

"어느 날 갑자기 각성했다는 건가? 그럴 수도 있나?"

"물론 계기가 있었다."

"계기? 그 계기를 말해줄 수 있나?"

"비밀도 아닌데 말해주지 못할 것도 없지."

"대체 뭐가 오크를 각성하게 만든 거지?"

"인간."

"인간?"

"그래, 인간에 의해서 오크들은 각성한 거지."

"그게 무슨 말이지?"

"어느 날 인간이 찾아왔다."

"찾아왔다고? 인간이? 오크를?"

"그래."

"그래서?"

"우리 종족을 찾아온 인간은 특정 오크를 오염시켰다."

"오염?"

"그게 무슨 말이지?"

"오크들에게는 투지가 있다."

"그렇기는 하지. 몬스터 웨이브 때 보면 가장 강력한 상대는 오거도 미노타우르스도 아닌 오크였으니까."

"그랬을 것이다. 오크들은 문명은 없었지만 의식과 의식으로 전해지는 전통이 있었으니까. 끊임없이 강함을 추구하는 의지 말이다."

"맞는 말이로군. 그래서?"

"그 투지에 욕망을 심었다. 그 욕망은 실로 대단한 것이어서 전염 속도가 빨랐지. 인간에 의해서 욕심이 아닌 욕망을 가지게 된 오크들은 기존의 체계를 무너뜨렸다. 그 당시 회색 오크 일족을 이끌고 있던 대족장이 바로 카툼 경찰대장이었다."

"아! 그렇게 된 거로군."

"뭐 오크 입장에서는 각성이 도움이 된 것이겠군."

"꼭 그렇게만 볼 것은 아니더군. 그로 인해서 우리 오크는 오크들만의 전통을 잃어버렸으니까."

"그건… 좀 안타깝군. 전통이란 그 종족의 유산이자 정신인데 말이지."

"그래. 그래서 카툼 경찰대장은 그 전통을 다시 찾으려 하고 있다."

"용병왕과 함께해서 말인가?"

"그래."

"멋지군."

그러면서 비어버린 오크의 술잔에 럼을 가득 붓고 자신의 술잔에도 럼을 부은 용병은 술잔을 들어 올리며 말했다.

"새로운 용병왕을 위하여."

"위하여!"

홀 안에 있는 용병들이 모두 외쳤다.

"다시 한 번!"

그에 모든 용병이 자신의 잔에 가득 술을 채웠다.

"용병의 미래를 위하여!"

"위하여!"

그렇게 용병들이 하나 되기 시작했다. 비단 이 여관의 홀뿐만 아니었다. 플랑드르 곳곳에서 벌어지고 있는 현상이었다. 마치 누군가에 의해서 의도된 것처럼 말이다. 인간의 말을 아주 잘하고 오크답지 않게 말이 많은 오크들이 선별되어 침투한 것처럼.

＊　　　　＊　　　　＊

"악센의 레드 와이번이오."

"제노바의 블랙 스완이에요."

"스프링힐의 폭스 테일."

"붐버시티의 와이번 스케일이오."

"갈란데스의 아이언 마스크."

"레드리버의 스톰이오."

"스톤엣지의 다크 드래론이오."

"플랑드르의 강철 해골이오."

"구스다운의 글로리어스."

제국의 10대 용병단, 아니, 이제는 9대 용병단의 단장이 한자리에 모였다. 그들이 각기 자신을 소개한 이후 아론이 조용히 입을 열었다.

"플랑드르의 임페리움이다."

꿈틀.

아론의 반말에 심기가 불편한 자가 있어 눈썹을 꿈틀거렸다. 그에 아론이 입을 열었다.

"불편한 자는 나가도 좋아. 용병왕이니 이 정도는 인정해 줘야지. 그리고 난 용병 경력이 자그마치 30년이야. 원로란 말이지. 현역에서 정열적으로 뛰고 있는 원로."

"용병에게 그런 것이 있던가?"

태도가 마음에 들지 않았는지 아이언 마스크의 단장이 마스크 속에 표정을 숨기고 무덤덤한 목소리로 입을 열었다.

"없으면 말고. 싫음 나가."

"나갈 때 나가더라도 들어나 보고 싶군."

"굳이 그럴 필요 없어."

"무시하는 건가?"

"오, 대단하군. 내가 무시하는 것을 어떻게 알았지? 이런, 이렇게 눈치가 빠르니 귀족들의 똥구멍이나 닦아줬지."

"뭐라고?"

자리에서 벌떡 일어서며 노호성을 내지르는 아이언 마스크 길드의 단장 폴락.

"내가 모를 줄 알았나?"

"알긴 대체 뭘 안단 말이냐?"

"플란데일의 네이단 크룩스 백작 암살 사건."

"그게 무슨……."

"모른다고 할 생각은 하지 마. 그 배후에 귀족파로 있는 마법 총병단주 주시에르 마코브스키 후작이 있는 것을 아니까."

"말도 안 되는 소리. 마코브스키 마법 총병단주는 중도파의 수장으로 유명하다."

"누가 그래, 마코브스키 마법 총병단주가 중도파의 수장이라고? 내가 알기로 중도파의 수장은 황실 부마탑주인 레이라 카무스 후작인데?"

"그, 그건……."

"뭐 어쨌든 상관없겠지. 중요한 것은 중도파의 핵심 인물로 활약하면서 알게 모르게 그는 황제파의 인물들을 제거해 나가고 있지. 바로 귀족파의 수장인 베나비데스 공작의 사주를 받아서 말이지."

"뭘 만들어내는 데는 도가 텄군. 용병왕이 아니라 차라리 음유시인을 해라."

그에 아론이 입꼬리를 말아 올리며 말했다.

"정말 내가 없는 말을 지어낸 것일까?"

"아니라면 증거를 대라."

"증거? 증거라……. 확실히 증거가 있어야겠지?"

그러면서 무언가를 꺼내 회의 탁자 위에 올려놓는 아론. 그에 사람들이 의혹의 빛을 떠올렸다.

"뭔지 알겠나?"

"내가 그것을 어찌 아나?"

어느새 침착함을 되찾은 폴락 단장. 하지만 그의 목소리는 왠지 불안감에 떨리고 있었다. 이 불안감의 정체가 대체 뭔지 그 자신조차도 알 수 없었다. 어쨌든 그런 폴락 단장의 말을 들으며 아론은 탁자 위에 올려놓은 곳에 공간을 격하고 마나를 불어 넣었다.

그에 허공에 약간은 일그러진 불투명한 영상이 펼쳐졌다. 그곳에는 무릎을 꿇은, 마치 상전을 모시는 듯한 폴락 단장의 모습이 있었다. 그에 폴락 단장의 얼굴이 떨리기 시작했다.

철저하게 비밀에 붙여진 채 이뤄진 만남이었다. 그 누구도 존재하지 않은 공간에서 말이다. 그런데 그 공간에서 벌어진 일이 눈앞에서 재생되고 있었다.

"이, 이……."

"이걸 어디서 났느냐고?"

"……."

말할 수 없었다. 하지만 아론은 할 말이 많아 보였다.

"저들이 진정으로 네놈을 믿었다고 생각하나? 부리는 개를 믿지 못하는 주인은 언젠가 자신을 물어 상처를 낼 미친개를 대비하지."

"미친… 개?"

부들부들 떠는 폴락 단장.

"그래, 귀족들에게 네놈은 그저 미친개일 뿐이었다. 그래서 그놈들은 철저하게 준비했지. 너에게 모든 것을 뒤집어씌울 명분과 증거를 말이지."

그러면서 무언가를 툭 던졌다.

"이것은……?"

"그 외 아이언 마스크 용병단에서 행한 모든 일. 물론 사주는 귀족들이 했겠지만 그 점은 교묘하게 가렸더군. 세밀하게 파고들지 않으면 절대 찾을 수 없을 정도로 말이지."

"어떻게……."

"사냥개. 그들에게 네놈들은 그저 나중에 삶아 죽일 사냥개에 불과했다."

"······."

부들부들 떨며 침묵하는 폴락 단장. 그것은 다른 단장들
역시 마찬가지였다. 여기에서 귀족들과 연결되지 않은 용병단
은 없었고, 귀족들의 뒤처리를 해보지 않은 용병단도 없었다.
제국의 10대 용병단에 오르기 위해서 실력은 당연히 필요하
겠지만 실력 못지않게 연줄이 필요했던 탓이다.

이런 유의 비리에서 자유로울 수 있는 용병단은 단 하나도
없었다. 그래서 아이언 마스크 용병단의 상황이 드러나자 모
두 마치 자신의 일처럼 얼굴이 딱딱해질 수밖에 없었다.

"그래서··· 그래서 어떻게 하겠다는 말이오?"

레드 와이번 용병단의 단장인 크락수스가 갈라진 목소리로
물었다. 그는 단번에 용병왕이 모든 것을 파악하고 있음을 알
아차릴 수 있었다. 발뺌을 한다고 해도 뺄 수 없는 확실한 증
거가 있음을 말이다.

과거 자신들의 안전을 위해서 제공한 모든 것이 비수가 되
어 자신들의 목줄을 겨누고 있는 상황이었으니 어쩌면 당연
한 결과이리라. 그래서 물은 것이다. 이미 답이 정해져 있음을
알고 있기에. 그래도 한번 확인해 보고 싶었다.

그에 아론이 옆에 서 있는 제라르와 얀센에게 고개를 끄덕
이자 둘은 옆에 있는 자루에 든 모든 증거물을 탁자 위에 올
려놓았다. 용병단장들은 마른침을 삼켰다. 그 순간 아론이 손

을 들어 손가락을 튕겼다.

화르륵!

그 모든 증거물이 타오르고 있다. 그에 용병단장들은 놀란 눈으로 아론을 바라봤다. 자신들의 약점을 완벽하게 사라지게 하는 아론의 생각을 모르겠다는 표정이다.

"용서하겠다."

"용서?"

"그래."

"우릴 믿겠다는 말인가?"

"아니. 믿을 수는 없지. 당신을 단 한 번도 경험해 본 적이 없으니까."

"그러면?"

"기존에 귀족과 가지고 있던 모든 관계를 끊어라."

"그게 무슨……."

"말이 된다고 생각하오?"

"왜 말이 안 되지?"

"그러면 대체 우린 뭘 먹고살란 말이오."

"왜 먹고살지 못하지?"

"그건……."

"상단이 귀족들이 만든 어용 상단만 있나? 영지전을 귀족들의 병사들로만 하나? 몬스터 웨이브를 제국의 병사들로만 막을 수 있다고 생각하나? 정말 그들밖에 없다고 생각하나?"

"그야……."

"언제부터 용병들이 안정적인 수익을 원했지? 언제부터 용병들이 귀족들의 개가 됐지? 용병은 용병일 뿐이다. 권력의 개가 아니라 자유롭게 대륙을 가로지르는 용병이란 말이다. 개로 사니까 기분이 좋던가? 귀족이 남긴 똥 덩어리를 치우니까 기분이 좋던가?"

"……."

아론의 말에 침묵하는 용병단의 단장들.

"언제까지 무시받고 부랑자 대우를 받으며 살 것인가? 언제까지 화살받이로 살아갈 것인가? 부끄럽지 않은가? 네 아들과 딸들에게 말이다. 동료의 부당한 죽음에 침묵해야만 하는 그대들의 양심에 부끄럽지 않은가?"

"…당신은 그렇지 않소?"

"나에 대해 들었을 텐데? 내가 귀족들에게 빌붙었던가?"

"……."

침묵했다.

솔직히 용병왕에 대해서 잘 모른다. 어느 날 갑자기 하늘에서 뚝 떨어진 존재니까.

"시간을 주지."

"고… 맙소."

"오래는 안 돼. 시간이 없으니까. 그리고 강요는 안 한다. 동 참하기 싫으면 플랑드르를 떠나도 좋다."

그 말을 남기고 아론은 제라르, 얀센과 함께 자리를 벗어났다. 그가 나가고 나자 무거운 침묵이 감돌기 시작했다.

"하아~"

그때 폴락 단장이 무거운 한숨을 내쉬며 자리에 털썩 주저 앉았다. 그는 의자에 깊숙하게 몸을 묻고 깊은 생각에 잠겨들었다. 그만이 아니었다. 이곳에 참여한 모든 용병단이 다 그러했다. 그때 크락수스 단장이 아이언 단장에게 물었다.

"근거지를 옮긴 것이오?"

"그렇소."

"왜?"

"용병왕의 휘하에 들기 위해서요."

"그는… 믿을 만한 사람이오?"

"물론이오."

"……."

잠시 대화가 단절되었다. 강철 해골 용병단의 단장인 아이언. 그는 진중하기로 유명한 사람이었다. 그래서 용병들이 그가 이끄는 용병단에 한 번 가입하면 좀체 용병단을 벗어나지 않는 것으로 유명했다.

깨끗하기로 치면 블랙 스완 용병단의 에반게일 단장과 1, 2

위를 다툴 정도였다. 그런 그가 용병왕을 믿을 만한 사람이라
고 인정한다면 아마도 틀림없을 것이다. 10대 용병단의 단장
들은 모두 마스터이다.

그래서 서로를 경계하고 상대에 대해서 파악하기를 게을리
할 수 없었다.

"나는 용병왕이 마음에 들어요."

에반게일 단장이 입을 열었다.

"그와 함께할 생각이오?"

"일단은요. 그의 말처럼 그도 그렇지만 우리도 그를 신뢰하
기에는 너무 시간이 없어요. 하지만 전쟁이라는 것은 서로를
빠르게 가까워지게 하고, 상대를 조금 더 확실하게 파악할 수
있도록 해주죠."

"그렇긴 하군."

"이번 몬스터 토벌전은 서로에 대해 알아가는 시간이라고
해도 과언이 아니겠군."

"맞아요. 그는 우리의 목숨 줄을 쥐고 있었죠. 아마도 그것
이 용병들에게 알려졌다고 하면 우리는 절대 무사할 수 없었
을 겁니다. 용병단의 존립 자체가 흔들릴 정도로 말이지요."

"크음, 새삼스럽게… 이미 없어진 사실이오."

"하지만 그는 알고 있죠."

"그렇지."

"그가 그 증거를 불살랐을 때는 모든 것을 묻겠다는 약속이오. 적어도 내가 아는 용병왕은 자신이 한 말을 결코 어기지 않았소."

아이언 단장의 말에 모두의 시선이 그에게로 향했다. 그에 아이언 단장은 자리에서 일어나며 입을 열었다.

"나는 용병이 되면서 한 가지 결심한 것이 있소. 그것이 뭐냐면, 만약 용병왕이 나타나면 나는 전심전력으로 용병왕을 도울 것이다. 나도 용병으로서 폼 나게, 그리고 내 아들내미에게 부끄럽지 않은 아버지가 되고 싶어서 말이오."

그러면서 그곳을 벗어났다. 한참 동안 아이언 단장이 나간 곳을 지켜보던 에반게일 단장 역시 자리에서 일어나며 입을 열었다.

"난 다른 의미에서 그를 용병왕으로 인정하고 싶군요. 적어도 그는 용서와 포용을 아는 자라는 것이고, 더불어 황제의 인정을 받은 용병이라는 점에서 말이지요."

그녀가 떠나고 나머지 용병단장들이 남았다. 그리고 그들은 깊은 생각에 잠겨들었다. 이제는 욕심을 버려야 할 때였다.

CHAPTER 8

등장

"허억! 후욱! 젠장!"

"젠장! 젠장! 젠장!"

거친 숨소리와 자책하는 듯한 목소리가 여기저기에서 들려왔다.

"으아아악!"

"커헉!"

죽어가는 비명 소리와 함께 살려달라는, 죽고 싶지 않다는 외침이 들려왔다.

"살려……."

"죽고……."

"크와아아앙!"

"인간들을 죽여라!"

심혼을 흔드는 광폭한 포효와 잔인하게 인간의 모리를 박살 내고 울부짖는 몬스터의 살기 어린 외침이 전장을 뒤흔들었다.

"물러서지 마라!"

"돌겨억! 돌격하란 말이다!"

"씨발! 죽어! 죽으란 말이다! 죽어!"

몬스터와 인간이 얽혀 서로를 죽이며 악다구니를 쓰고 있었다. 누가 우세하고 누가 열세하다는 판단이 서지 않을 정도로 일진일퇴를 거듭하고 있었으며, 피가 강을 이루고 시체가 산을 이루고 있었다.

"벌써 보름째입니다."

"식량은?"

"어렵습니다."

"영지민들은?"

"……."

"대피하지 않은 건가?"

"고향을 버릴 수 없다고 합니다."

"쯧, 어리석은."

"그들은 죽더라도 영주님과 함께하고 싶어 합니다."

"내가 부덕해서……."

"어찌 영주님 탓이겠습니까? 원군을 요청했음에도 불구하고 아직도 답이 없는 후방의 귀족들 탓이 아니겠습니까?"

"그럴 수도 있겠지. 하지만 그들을 탓하기에는 내가 너무 안일했네."

"충분히 준비했습니다. 하지만 예상보다 몬스터의 수가 너무 많고 전략적으로 움직였으니 어쩔 수 없지 않겠습니까?"

"정말 그렇게 생각하는가?"

"그렇습니다. 듣기로 대부분의 성이 함락당하고 그나마 버티고 있는 성은 몇 개 되지 않는다고 합니다."

"그들은… 그들에게는 지원이 갔나?"

"확인하지 못했습니다."

"그 정도인가?"

"사방을 빼곡하게 둘러싼 몬스터입니다. 산과 강, 그리고 평야가 온통 몬스터로 득실거립니다."

"쯧, 식용으로 사용할 수 있는 몬스터는 있던가?"

"하지만……."

"먹어야 버틸 수 있네. 사용할 수 있으면 무언들 사용하지 못할까?"

"하지만 오늘 공세는……."

차마 말을 하지 못하는 기사, 그리고 그런 기사의 심정을 알고 있다는 듯이 잔뜩 굳은 표정으로 전방을 지켜보는 귀족. 처절한 전투가 벌어지고 있었다. 성 밖이든 성 안이든 몬스터가 없는 곳이 없었다.

하늘을 나는 몬스터는 나무와 바위를 떨어뜨렸고, 땅속에서 활약하는 몬스터는 성 안에 침입해 가옥과 양민들을 학살했다. 성벽에는 오크들과 지상 몬스터가 끊임없이 밀려들고 있었다. 그럼에도 불구하고 막아내고 있었다.

끓는 기름을 붓고 불을 붙였으며, 수십 자루의 창으로 몬스터를 찔러댔다. 낙석을 피해 화살을 쏘았고, 마나가 다 사라질 때까지 마법을 사용했다. 성주 역시 마찬가지였다. 검을 뽑아 들고 달려드는 몬스터들을 죽였다.

촤아아악!

몬스터의 피가 뿜어지며 성주의 시야를 가렸다. 성주는 재빨리 방패를 들어 피를 막아냈다.

콰직!

"커헉!"

그 순간 맨티스의 날카로운 발이 성주의 복부를 꿰뚫었다. 성주는 몸부림치면서 맨티스의 발을 잘라내려 했다. 하지만 점점 힘이 빠지면서 들고 있던 검과 방패를 떨어뜨렸다.

"크흑!"

성주의 입에서 왈칵 핏덩이가 쏟아지며 답답한 신음이 흘러나왔다.

부르르.

성주의 눈이 부르르 떨리며 안타까움이 가득 묻어났다. 그의 시선에 죽어가는 영지민과 기사들, 병사들이 느릿하게 보였다. 하지만 그 시간은 너무나 짧았고, 또 다른 맨티스의 날카로운 발톱이 그의 전신을 찢어발겼다.

"끼아아악!"

성주를 죽인 맨티스가 포효를 내질렀다. 그 모습을 지켜보고 있던 오크 역시 포효를 내지르며 외쳤다.

"진격하라! 인간들을 모두 죽여라!"

"우워어어억!"

몬스터들이 성벽을 넘어 진격해 오기 시작했다. 인간들은 필사적으로 싸웠다. 어떻게든 진격해 오는 몬스터들을 막기 위해서이다. 하지만 사방을 새까맣게 뒤덮은 몬스터들을 막아 내기는 역부족이었다.

'여기까지……'

누군가 죽어가며 떠올린 생각이다.

*　　　　*　　　　*

"후드, 맨소티, 글록, 케일록, 언드힐, 구스다운 등 총 열세 개의 성이 몬스터에게 함락되었습니다."

"허어… 동부가 완전히 밀린 것인가?"

"그렇습니다."

"황도에서는? 황도에서는 소식이 아직 없나?"

"중앙군 20만이 출발했다는 소식입니다."

"언제?"

"보름 전입니다."

"이런 젠장. 이곳까지 도착하려면 적어도 한 달은 더 있어야 하겠군."

"아마도 더 걸릴지도 모릅니다."

"그렇겠지. 20만이라는 병력은 작지 않으니까."

"그렇습니다."

"군량은?"

"길게 잡아야 한 달입니다."

"빠듯하겠군."

"지금으로서는……."

"귀족들은?"

"그게……."

"도망갔겠군."

"죄송… 합니다."

"자네가 죄송할 게 무언가? 자기 목숨 살리자고 영지를 버리고 도망간 귀족들이거늘. 어쨌든 도망갔다고 하더라도 진중에 남아 있는 귀족들은 있을 것 아닌가?"

"그게… 쉽지 않습니다."

"욕심을 부리는 게로군."

"그렇습니다. 더 많은 병력을 배당받길 원합니다."

"쯧, 병력을 대동한 귀족은?"

"골드먼 백작이 6천, 스웨인 자작이 3천, 고린 백작이 1만, 홀리 남작이 2천, 주든 자작이 3천입니다."

"그 외에는?"

"열세 명의 귀족이 총 1만 2천의 병력입니다."

"쯧. 그래서?"

"총 6만입니다."

"그중 쓸 만한 병력은?"

"죄송스럽게도 홀리 남작의 2천 정도가 다입니다."

"허어……."

답답함에 헛바람을 일으키는 주시에르 백작. 그나마 서부 지역에서 나름 영향력을 행사하고 있고 상당히 견고하며 대규모의 성을 가지고 있는 백작이다. 성정 역시 올곧아 영지민에게 상당한 지지를 받고 있는 주시에르 백작이었기에 몬스터 웨이브에도 불구하고 많은 이웃 영지의 귀족들이 그에게로 몰려들었다.

하지만 그러함에도 귀족들은 아직 정신을 차리지 못하고 자신의 전공을 확대할 생각과 이득을 위해 좀처럼 협조하려 들지 않았다. 그래서 골머리를 앓고 있는 중이다. 그리고 이미 이웃 영지의 피난민까지 겹쳐 그가 버티고 있는 쟉스 성은 포화 상태에 이르렀다.

"어쨌든 버텨야겠군."

"그렇습니다."

"귀족들을 부르게."

"알겠습니다."

주시에르 백작의 얼굴은 여전히 좋지 못했다. 그렇다고 이대로 죽을 수는 없는 법. 결국 그는 힘든 결정을 할 수밖에 없었다.

"지금부터 이유 막론하고 본 작의 명에 따라야 할 것이오."

"그것이 무슨 말이오?"

대번에 골드먼 백작이 반발하고 나섰다.

"그럴 생각이 없으면 이 성에서 나가주시면 되오."

"우릴 쫓아내겠다는 말이오?"

"명령을 따르지 못하겠고, 독자적으로 움직일 테니 너희들은 군량만 대라면 이곳에 병력을 둘 의미가 없소. 현재 쟉스 성에는 무려 30만이라는 수가 있소. 그들 모두 먹어야만 살

수 있소. 그런데 군량도 대지 못하고 군사권을 가지고 독자적으로 움직인다면 과연 몬스터를 막아낼 수 있겠소?"

"그건……."

"또한 지원군이 올 때까지 적어도 한 달 동안 버텨야 하는데 이렇게 통제가 안 되는 상황에서는 불가능하오. 본 작의 명령에 따르지 않겠다면 나가주시오."

"끄응."

"또한 각 귀족들의 병력은 일괄적으로 본 작의 휘하에 두겠소. 타협의 의지는 없소."

"알… 겠소."

결국 승복할 수밖에 없었다.

어느 정도 상황이 진전되기 시작할 무렵 회의실 문이 거칠게 열림과 동시에 누군가 뛰어 들어오며 외쳤다.

"지급입니다!"

"무엇이더냐?"

"몬스터들이 일제히 공격을 시작했습니다!"

"그렇군. 가자."

지체 없이 자리에서 일어나 회의실을 나서는 주시에르 백작. 그러다 걸음을 멈춘 후 입을 열었다.

"무엇들 하고 있소? 나가지 않을 것이오?"

"아, 알겠소."

몬스터의 일제 공격. 그것은 주시에르 백작이 있는 쟌스 성 뿐만 아니라 주시에르 백작의 영지에 있는 모든 성이 공격을 받고 있다는 것과 다르지 않았다. 병력을 채 배치하기도 전에 몬스터들이 들이닥치고 있는 것이다.

그야말로 시기적절하기 그지없는 공격이었다. 그에 주시에르 백작은 걸음을 빨리 하면서도 혀를 내둘렀다.

'오크가 몬스터들을 이끌고 전략과 전술을 쓸 줄 안다더니 사실이었나 보군. 어렵게 됐어, 어렵게.'

그의 안색이 딱딱하게 굳어갔다. 성벽이 가까워지고 있었다.

쉬우우우웅!

콰아아앙!

"아아악!"

"피해라!"

성벽 밖으로부터 거대한 바위가 떨어져 내려 성벽을 두드리고 성 안의 가옥을 부쉈다. 공성 장비를 사용하고 있는 것이다. 성벽 위에 올라 몬스터의 진영을 바라보던 주시에르 백작의 얼굴이 더욱더 딱딱하게 굳어갔다.

충차와 파성추, 카터펠트와 망고넬, 그리고 트리뷰셋까지 완벽한 공성 장비였다. 그리고 오크들은 두툼한 쇠로 된 방패와 갑옷으로 무장하고 있었고, 몬스터들 역시 주요 부위를 강철 보호대로 보호하고 있었다.

'어쩌면 오늘이 마지막이 될 수도 있겠구나.'

아주 잠깐 그런 생각을 했으나 이내 머리를 저어 생각을 털어낸 주시에르 백작은 검을 들어 올리며 외쳤다.

"대기하라!"

궁수도, 공성 장비도, 끓는 기름을 부을 준비도 모두 완비한 병사들은 그의 한마디에 하나로 움직였다. 그러는 동안에도 오크들과 몬스터들은 점점 더 성벽 가까이 다가오고 있었다. 주시에르 백작은 그런 몬스터 군단을 뚫어지게 바라보고 있었다.

그리고 오크와 몬스터 부대 역시 마찬가지였다.

"인간 중에 꽤 대단한 놈이 있는 모양이로군."

"대단히 침착합니다."

"하지만 그 침착함도 중과부적에는 어쩔 수 없을 것이다."

"지금까지 해온 그대로일 것입니다."

"그렇지. 그러니까 몬스터들을 전진시켜라."

철 투구에 가려진 오크가 잔인한 미소를 흘리며 말했다. 그 웃음이 전염되었는지 명령을 받은 오크 역시 아래에서 위로 솟아난 송곳니를 활짝 드러내며 잔인한 미소를 떠올렸다.

"명을 따릅니다."

그리고 들고 있던 깃발을 급하게 좌우로 휘둘렀고, 이어 오크 특유의 뿔 나팔을 울리기 시작했다.

뿌우우웅!

뿌우우웅!

동시에 여러 개의 뿔 나팔이 울리자 몬스터와 오크들이 포효를 내지르며 앞으로 내달리기 시작했다.

"꾸어어어엉!"

"크와아아아!"

성벽 앞을 새까맣게 채운 몬스터 군단이 일제히 소리를 지르며 성벽을 향해 쇄도해 들었다. 이미 공성 장비로 인간들을 주눅 들게 한 이후였다. 언제나 그렇듯이 몬스터들은 거침없이 앞으로 달려 나갔다.

"쏴라!"

그때 성벽 위에서 주시에르 백작이 외쳤다.

우우웅!

콰아아앙!

쐐에에엑!

쉬시싯싯!

수천 발의 화살이 하늘을 새까맣게 물들였고, 각종 공성 장비가 불을 뿜기 시작했다. 불을 붙인 돌덩어리가 하늘을 날았고, 뾰족하게 앞을 깎은 통나무가 전진하는 몬스터들의 한가운데에 박혀들었다.

"크워어억!"

"캬아악!"

몬스터들의 비명이 들려오기 시작했다. 그리고 하늘에서 비행 몬스터들이 모습을 드러냈다. 어떤 놈은 단단한 가죽으로 날아오는 화살 비를 무력화시켰고, 어떤 놈은 입을 쩍 벌려 불을 토해내거나 산성비를 쏟아냈다.

하지만 인간들의 공격은 그치지 않았다. 인간들은 인간들 나름대로 몬스터들을 향해 발악적으로 모든 것을 쏟아내고 있었다. 그렇지만 압도적인 전력으로 결코 쉽게 몬스터들을 물러나게 할 수 없었다.

아니, 물러나게 하는 것이 아니라 점점 더 가까워지고 있었고, 마침내 성벽 높이의 거대한 공성 탑이 다가왔고, 공성 탑의 문이 열렸다.

슈우우욱! 쿠웅!

공성 탑에 다리가 연결되고 오크들이 쏟아져 나왔다.

"다리를 부숴라!"

"불화살을 쏴라!"

도끼를 든 병력이 나타나 공성 탑의 다리를 부수기 시작했고, 불화살이 날아와 공성 탑에 달라붙어 공성 탑을 불태웠다. 오크들이 비명을 지르며 추락했다. 그럼에도 불구하고 오크들은 전혀 물러설 기미가 보이지 않았다.

삐이이익!

그때 날카로운 휘파람 소리가 들려왔다. 일단의 비행 몬스터가 모습을 드러냈고, 오크들은 펄쩍 뛰어올라 비행 몬스터의 다리를 잡고 성벽 안으로 떨어져 내리며 거대한 할버드와 글레이브, 그리고 배틀엑스를 휘둘렀다.

"크아아악!"

"막아! 막으란 말이다!"

"물러서지 마라!"

기사들이 목이 터져라 외쳤다. 병사들도 물러서지 않았다. 이곳에서 물러나면 성 안에 있는 자신의 가족들이 죽을 것이다. 몬스터들의 한 끼 식사가 될지도 몰랐다. 악착같이 버텨야만 했다.

"우와아악!"

소리를 내지르며 성벽을 넘어오는 몬스터의 머리를 찍어 내리는 병사.

"끄윽!"

언제 올라왔는지 몬스터가 그런 병사의 뒤에서 목을 물어 뼈를 으깨 버렸다.

와드득! 와드득!

병사의 뼈와 살을 씹으며 몬스터는 다시 다른 목표물을 찾았다.

"크하하하! 덤벼라!"

진한 갈색의 피부를 지닌 거대한 오크가 막 한 기사의 목을 베어내고 커다랗게 외쳤다. 수십 자루의 창이 갈색 오크를 향해 쇄도했다. 하지만 오크는 이 정도는 가소롭다는 듯이 한껏 비웃은 후 들고 있던 둠해머를 휘둘렀다.

콰아아앙!

"끄아아악!"

"저, 저건……."

인간 기사들은 눈을 크게 뜰 수밖에 없었다. 그들이 본 것은 바로 오러 블레이드였다. 선명하한 붉은색의 오러 블레이드. 병사들과 기사들의 얼굴에 두려움이 떠올랐다.

"크흐흐, 인간들이란 나약하구나. 크하하하하!"

그때부터 갈색 오크의 학살이 시작되었다. 갈색 오크를 막아낼 수 있는 존재는 없었다. 인간들 사이에서도 오러 블레이드를 시전할 수 있는 소드 마스터는 손에 꼽을 정도였다. 그러한 판국에 이런 궁벽한 변방에 소드 마스터가 있을 리 만무했다.

다들 중앙으로 진출하지 변방에 있을 이유가 없었다. 그리고 제국에서 소드 마스터를 변방에 방치해 둘 이유도 없었다. 그래서 절망했다. 그렇지 않아도 인간보다 훨씬 뛰어난 육체적인 조건을 갖춘 몬스터들이다.

그런데 소드 마스터까지 모습을 드러내고 있으니 병사들과 기사들의 사기는 급전직하할 수밖에 없었다. 홀로 난동을 부리는 갈색 오크, 그 누구도 갈색 오크를 막아낼 수 있는 자가 없었다.

그야말로 무인지경!

"이노오옴!"

그때 노호를 터뜨리며 갈색 오크를 막아서는 기사가 있었다. 길고 새하얀 수염.

"크르륵! 늙은이가 감히!"

자신의 길을 막아선 노기사를 바라보며 노호를 터뜨리는 갈색 오크. 그는 지체 없이 둠해머를 휘둘렀다. 자신의 앞길을 가로막은 것에 분노했다는 표정이다. 노기사는 아예 무기를 버리고 양손에 방패를 들었다.

공격은 힘들 테니 막아내면서 시간을 벌 작정인 것이다. 그것을 알면서도 미친 듯이 둠해머를 휘두르는 갈색 오크.

콰앙!

"죽어라!"

콰앙! 쾅! 쾅!

"죽으란 말이다! 죽어!"

방어는 없었다. 갈색 오크는 상대에게 공격할 기회조차 주지 않고 무지막지하게 휘둘렀다. 갈색 오크가 노기사에게 신경을 집중하는 동안 몇몇의 기사가 갈색 오크에게 달려들었지만 이내 피떡이 되어 사라져 갔다.

갈색 오크를 방패 두 개로 막아선 노기사 역시 다르지 않았다. 갈색 오크는 자신을 막아선 노기사를 그냥 죽일 생각이 없어 보였다. 그는 철저하게 노기사를 농락했다. 두 자루의 둠해머로 노기사의 방패를 마구 두르려 팼다.

방패가 우그러지고 찌그러졌다. 그리고 종내에는 조각조각 파편이 되기 시작했다. 그럴 때마다 노기사는 답답한 침음성을 흘리며 연신 뒤로 물러났다. 자신에게는 어떤 공격도 허용되지 않았다. 그저 막아낼 뿐이었다. 동수의 공격이라면 방패가 충분히 막아주고 충격을 분산시켰을 것이다. 하지만 압도적인 힘과 실력 차는 결코 그것을 허용하지 않았다.

"크윽! 쿨럭!"

기어코 노기사의 입에서 검붉은 핏물이 한 움큼 쏟아져 내렸다.

"크흐흐, 겨우 이것이더냐? 겨우 이 정도로 내 앞길을 막았더냐?"

그러면서도 즐겁다는 듯이 둠해머를 휘둘렀다. 마치 고양이가 쥐를 가지고 놀 듯 말이다.

"나를 죽이기 전에는 단 한 발자국도 이곳을 벗어날 수는 없을 것이다!"

"그래, 그렇겠지. 나도 네놈을 죽이지 않고는 이곳을 벗어날 생각이 없다."

갈색 오크는 아주 잔인하게 노기사를 가지고 놀았다. 마치 다른 인간 기사나 병사들에게 보라는 듯 말이다.

"으아아!"

"이 나쁜 놈! 죽어라!"

참다못한 병사가 달려들었다.

휘익!

퍼억!

하지만 가볍게 휘두른 둠해머에 의해 갈색 오크에게 달려든 병사는 형체조차 남기지 못하고 죽어갔다.

"이노옴! 네놈 상대는 바로 나다!"

"크큭! 이거야 원 같잖아서. 그래, 그렇게 죽는 것이 원이라면 죽여주지."

콰앙!

"크허억!"

폭음이 들리고 노기사의 입에서 답답한 비명이 흘러나왔다. 그리고 노기사는 바람에 날리는 나뭇잎처럼 10여 미터를 날려가 바닥에 처박혔다.

"커헉!"

단단한 돌바닥에 떨어져 내린 노기사는 또다시 검붉은 핏물을 게워내며 힘겹게 일어나려 했다. 하지만 가진 '힘을 다했는지 몸을 제대로 가누지 못했다. 그런 노기사의 앞에 갈색 오크의 발이 보였다.

"허억! 허억!"

가쁜 숨을 몰아쉬며 노기사는 아예 드러누워 자신을 내려다보는 갈색 오크를 올려다보았다.

"크큭! 꼴좋구나."

"내 꼴이 어때서 그러냐."

"나약해서 아무도 구하지 못한 네놈 꼴이 말이다."

"나는 여기서 죽지만 너희들은 결코 인간을 어쩔 수 없을 것이다."

"크큭! 그것은 두고 봐야지."

"그래, 죽어서라도 지켜보마."

"입만 살아선."

그러면서 갈색 오크는 둠해머를 위에서 아래로 휘둘렀다. 그 모습을 본 노기사는 희미한 미소를 떠올리며 서서히 눈을 감았다. 자신은 최선을 다했다. 아니, 최선이 아닐지도 모른다. 하지만 자신이 할 수 있는 모든 것을 다했다.

할 만큼 했으니 여한은 없었다. 그저 죽기만 기다릴 뿐.

퍼억!

둠해머가 노기사의 머리를 후려쳤다. 노기사의 머리가 깨지면서 허연 뇌수와 핏물이 사방으로 튀었다.

바르르.

노기사의 신형은 잠시 전율하더니 이내 잦아들며 죽음을 맞이했다. 둠해머를 들어 올린 갈색 오크는 하늘을 우러러보며 거대한 포효를 내질렀다.

"크아아아아!"

주춤주춤.

갈색 오크의 포효에 인간들이 주춤거리며 뒤로 물러났다. 거침없는 그의 잔인한 폭력 앞에 기가 질려 버린 것이다.

"크하하하! 나약하구나, 나약해."

그러면서 인간들을 향해 쇄도하는 갈색 오크.

그 뒤를 수없이 많은 오크들과 몬스터들이 따르기 시작했다. 인간들은 다시 무너지기 시작했다. 잠깐 의기를 가진 자들이 막아섰으나 순식간에 그들은 죽음을 맞이했다.

"비켜라!"

그러다 갈색 오크가 자신의 앞길을 가로막는 인간을 보며 외쳤다. 마음이 바빴다. 가장 많은 공을 세워야 했다. 그래서 갈색 오크의 우수함을 알려야 했다. 오크 중에는 회색 오크만 있는 것이 아닌 갈색 오크도 있음을 알려야 했다.

"싫은데?"

그런데 전혀 이상한 목소리가 들려왔다.

순간 갈색 오크는 걸음을 멈춰 자신의 앞에 있는 인간을 바라봤다. 뜨겁게 달궈진 전신이 순식간에 식으며 피가 싸늘하게 얼어붙었다.

"네놈은… 누구냐?"

"인간."

"말장난하자는 거냐?"

"내가 장난하는 것으로 보이냐?"

"뭐라고?"

"내가 지금 장난하는 것으로 보이냐고."

그러면서 한 걸음 앞으로 내딛는 인간. 그에 갈색 오크는 자신도 모르게 뒤로 한 걸음 물러나며 얼굴을 일그러뜨렸다. 자신이 물러날 줄은 몰랐기 때문이다. 이성은 앞으로 나가라고 하는데 육체는 아니었다.

본능적으로 공포를 느끼고 물러선 것이리라.

"네놈은… 누구냐?"

"나? 용병왕."

"용병왕?"

"용병 중의 왕이라는 소리지."

"알고 있다. 네놈이 고작 용병이라고?"

"그래, 용병이라니까 만만해 보이냐?"

"으음."

대답을 못하고 나직한 신음을 흘리는 갈색 오크. 그는 본능적으로 느낄 수 있었다. 자신의 발걸음을 멈추게 한 이자는 결코 자신의 아래가 아니라는 것을, 아니, 자신의 아래가 아니라 오히려 자신을 압도하고 있었다.

그래서 두려웠다.

그는 자신도 모르게 마른침을 삼키며 주변을 둘러보았다. 그리고 볼 수 있었다. 압도적으로 밀어붙이던 몬스터 군단이 밀리고 있었다. 그것도 정규 병사에 의해서 밀리는 것이 아니라 복장이 너무나도 자유로운 용병들에 의해서였다.

날카로운 이빨을 드러내며 전의를 가다듬은 갈색 오크는 빛살처럼 앞으로 튕겨져 나갔다.

"새끼, 발악하기는."

슈칵!

스스로를 용병왕이라 칭한 자가 갈색 오크의 옆을 스치고 지나갔다. 그러자 갈색 오크는 두 눈을 부릅뜨고 마치 돌이 된 것처럼 굳어버렸다.

"어, 어떻게……."

"세상에 강자는 많다."

그러면서 대검 끝으로 슬쩍 갈색 오크를 밀어버렸다. 그제야 갈색 오크는 눈도 감지 못한 채 모로 쓰러졌다. 그가 쓰러진 바닥으로 검녹색의 진득한 핏물이 흘러나오고 있었다. 그리고 용병왕 아론은 이미 그곳에 있지 않았다.

'공간의 길.'

공간의 길이 열렸다.

그가 펼친 공간의 길은 수십 갈래였다. 아론은 차분하게 공간의 길을 걸어가면서 투박한 양손대검을 휘둘렀다. 외부에서 본다면 찰나의 순간이었다. 하지만 아론에게 있어서 그 찰나의 순간은 영원과 같았다.

이 공간의 길은 그저 공간만이 단축시키는 길이 아닌 시간과 공간을 가로지르는 역할을 하고 있었다. 단 한 걸음에 가장 후방에 있는 몬스터들 지휘하고 있는 오크들의 지휘부에 다다를 수 있었다.

하지만 아론은 서두르지 않았다. 그가 연 무수히 많은 공간의 길을 지나가며 그는 투박한 양손대검을 거침없이 휘둘렀다.

우뚝!

멈칫!

짧은 순간 오크들과 몬스터들이 움직임을 멈췄다. 그리고 다시 움직일 기미를 보이지 않았다.

"어?"

"어……."

"이게……."

오크들과 몬스터를 상대하는 기사들과 병사들, 그리고 귀족들은 당황할 수밖에 없었다. 압도적으로 밀어붙이던 오크와 몬스터들. 그런데 그들이 갑자기 행동을 멈춘 것이다. 그리고 무슨 일인가 오크들과 몬스터들 사이에 일어났다고 느끼는 그 순간,

"우와아아아!"

거대한 함성이 들려왔다.

오크와 몬스터들을 상대하느라 피 칠갑을 하고 있던 주시에르 백작 역시 그 광경을 지켜보았다. 그의 시선에 하나의 깃발이 보였다.

"저건……."

거세게 나부끼는 깃발. 그 거대한 깃발을 자유자재로 휘두르며 몬스터와 오크들을 박살 내는 자가 있었다. 아니, 사람이 아니라 오크였다. 그것도 회색 오크. 그에 주시에르 백작은 이것이 도대체 무슨 상황인지 이해할 수가 없었다.

오크와 몬스터들이 쳐들어왔는데 절체절명의 순간 오크들이 자신을 구했기 때문이다. 하지만 그는 자신을 구해준 오크가 조금 다르다는 것을 알 수 있었다. 바로 오크들의 팔에는 노란색의 띠가 채워져 있었다.

어떤 마법적인 장치를 한 것인지 오크와 몬스터의 피와 살점이 튀어도 전혀 오염되지 않고 있었다. 그는 저것이 아군과

적군을 표시하는 것이라는 것을 깨달았다.

"공격하라!"

나직하게 외쳤다.

하지만 이내 목이 터져라 외치게 되었다.

"공격하라! 공격하란 말이다!"

기사들과 병사들이 미친 듯이 몬스터와 오크들을 향해서 달려들었다. 하지만 지칠 대로 지친 그들. 쉽지 않았다. 그런 그들을 돕는 손길이 있었으니 바로 선명하게 잘 보이는 노란색 완장을 찬 회색 오크들이었다.

콰직!

"커억! 너는……."

"날 아나?"

그렇게 물으면서도 글레이브를 아래에서 위로 그어 올려 깔끔하게 오크를 두 쪽 내버렸다. 그에 기사는 멍하니 노란색 완장을 찬 오크를 멍하게 바라봤다.

"어."

"계속 그러고 있을 거요?"

"아, 그게……."

"뭐 지금까지 버텨서 힘들었을 테니 조금 쉬는 것도 괜찮겠지."

"다, 당신들은 누구요?"

겨우 입을 열어 물어보는 기사.

"용병왕의 휘하에 있는 임페리움 용병단의 부단장 카툼이 오."

"카툼?"

"오크 종족 중 회색 일족이오."

"회색 일족?"

"일단 쉬시오. 힘들 테니."

그러면서 앞으로 달려나가는 카툼. 그는 어느새 들고 있던 글래이브를 버리고 양손에 자신의 애병인 배틀엑스를 쥐고 있었다. 찍고, 휘두르고, 던졌다. 그가 움직이는 족족 몬스터와 오크들이 죽어 나자빠지기 시작했다.

그의 앞길을 가로막는 것은 아무것도 없었다. 그것은 아론 역시 마찬가지였다. 그는 어느새 몬스터들을 지휘하는 오크 지휘부 한가운데에 도달해 있었다.

콰아앙!

그가 도달했을 때 아론은 일부러 폭음을 만들어냈다.

그 폭음과 함께 수십의 오크와 다이어 울프들이 형체도 없이 사라져 버렸다.

"크아아악!"

마지막 그의 일격에 죽음을 맞이하는 오크는 목청껏 비명을 질렀다. 하나 그렇다고 해서 달라지는 것은 아무것도 없었다. 죽음이라는 것은 유일하게 모두에게 공평했다. 지휘부의 오크는 갑작스런 폭음과 영문도 모른 채 죽어가는 동료들을 보며 어찌할 줄 몰라 당황했다.

"경계하라!"

하지만 분명한 것은 결코 호의적이지 않다는 것이고, 마법사의 마법이 아니라는 것 역시 명백했다. 그들의 시야에 한 명의 사내가 잡혔기 때문이다. 상황을 빠르게 인지하고 대처하는 회색 오크였다.

"네놈은 누구냐?"

회색 오크가 외쳤다.

"용병왕."

"용병왕?"

"그래."

답과 함께 다시 아론이 움직였다. 그는 이번엔 크게 살계를 열 결심을 했다. 도저히 상상조차 할 수 없을 정도로 공포를 안겨줘 용병왕이라는 말만 들어도 경기를 일으키게 할 정도로 말이다.

공간의 길조차 열지 않았다.

그저 단단하고 투박하기 그지없는 양손대검을 한 손에 든 채 무식하게 앞으로 달려나갔다. 달려오는 오크의 몸을 무기와 함께 통째로 양분해 버렸다. 그럼에도 오크들은 물러서지 않았다.

주인을 잃은 다이어 울프가 날카로운 이빨을 드러내며 적의를 드러내며 아가리를 쩍 벌려 아론을 위협했다. 아론은 투박한 양손대검을 다이어 울프의 목구멍 깊숙하게 찔러 넣은 후 그대로 휘둘렀다.

투바바박!

다이어 울프의 몸체에 맞은 오크와 다이어 울프가 피를 쏟아내며 튕겨져 나갔다. 오크의 글레이브와 할버드가 아론의 전신을 노리며 쇄도해 들어왔으나 꼬치 신세가 되어버린 다이어 울프에 의해 모든 것이 무력화되어 버렸다.

다이어 울프의 시체는 넝마가 되어 뼈조차 남기지 않았고, 아론의 투박한 양손대검에 그나마 살점 몇 점이 붙어 있을 뿐이다. 그에 다시 오크들이 쇄도했다. 그들은 알고 있었다. 이곳에 떨어진 아론은 혼자라는 것을 말이다.

아무리 강력한 인간이라 할지라도 수에는 장사 없다는 것을 너무나도 잘 알고 있었다. 희생은 있겠지만 그 희생을 딛고 저 강력한 인간을 제거한다면 충분히 승리할 수 있다는 것을 잘 알고 있었다.

그래서 미친 듯이 달려들었다. 그들의 눈동자는 이미 붉게 물들어 있었다. 그 어떤 것도 그들의 투기를 막아낼 수 없을 것이다. 그리고 지휘부의 오크들도 말릴 생각이 없었다. 오크는 피로서 성장하는 전사였다.

아론의 대검이 앞으로 쭉 내밀어졌고, 그의 검에서 수십 줄기의 오러 블레이드가 튀어나가 수백의 오크를 한꺼번에 썰어 버렸다. 잠깐 멈칫하기는 했지만 오크들은 멈추지 않았다. 그들에게 두려움이란 없었다.

오로지 눈앞에 있는 인간에 대한 끝없는 증오만이 있을 뿐이었다. 얼마가 죽든지, 얼마가 살아남는지에 대해서는 신경 쓰지 않았다. 이 땅의 모든 인간이 사라질 때까지 그들은 멈추지 않을 것이다.

"크워어억!"

그들의 눈에서 이성이란 찾아볼 수 없었다. 집단으로 버서커에 들어가는 듯 오로지 파괴만이 존재했다. 그것은 오크뿐만 아니라 오크를 태우고 다니는 다이어 울프 역시 마찬가지였다.

벌게진 눈동자, 질질 흘러나오는 타액, 날카로운 이빨로 자신의 눈앞에 있는 인간을 씹어 삼켜야만 했다.

"크와아앙!"

다이어 울프가 울부짖으며 아론의 목덜미를 향해 이빨을 들이밀었다. 아론은 살짝 고개를 튼 다음 들고 있던 투박한 양손대검을 집어 던졌다. 그의 양손대검이 수평으로 회전하며 수없이 많은 오크와 다이어 울프를 죽음으로 몰아넣었다.

그리고 자신을 향해 이빨을 드러낸 다이어 울프의 위턱과 아래턱을 각기 잡고 쭉 찢어버렸다.

쫘아아악!

이것은 인간의 힘이 아니었다. 인간보다 더 큰 다이어 울프를 오로지 힘으로 찢어버린 아론. 그리고 반으로 찢어진 다이어 울프로 오크와 다이어 울프를 두드리기 시작했다. 끊임없이 아론을 향해 쇄도하는 와중에 서서히 아론에 대한 공포가 찾아오기 시작했다.

그는 지치지 않았다. 이렇게 많은 다이어 울프와 오크들에게 둘러싸여 있음에도 불구하고 그는 숨 하나 흐트러지지 않고, 땀 한 방울 흘리지 않고 있었다. 아니, 오히려 그의 입가에는 알 듯 모를 듯 잔잔한 미소까지 떠오르고 있었다.

"독한 놈!"

기어코 지켜보던 우두머리 오크의 입술을 비집고 그 말이 흘러나왔다. 우두머리 회색 오크는 나직하게 어금니를 갈아붙였다. 벌써 죽어나간 오크와 다이어 울프가 수백에 이르렀다.

그럼에도 불구하고 인간 놈은 지치지 않고 있었다. 아니, 오히려 더욱더 펄펄 날고 있었다. 둠해머를 꽉 움켜쥔 우두머리 오크. 그가 나서려는 순간, 먼저 나서는 자가 있었다.

"쿤타!"

"족장은 지휘를 하셔야 합니다."

"감당할 수 있겠느냐?"

그에 누런 이빨을 드러내며 사납게 웃는 회색 오크.

"이 쿤타, 그리 약하지 않습니다."

"좋다, 믿어보겠다."

허락을 얻은 쿤타라 불리는 회색 오크가 양손해머를 들고 앞으로 내달렸다. 그에 그를 따르는 기백의 오크들 역시 달려 나갔다. 잠시 그 모습을 지켜보던 족장의 시선이 전장으로 향했다. 그리고 얼굴이 일그러졌다.

"도대체 저들이 누구란 말이냐?"

완벽하게 압도적이었다. 그런데 단 한 순간 그 완벽함이 무너져 내렸다. 그리고 단 한 인간이 난입함으로써 모든 것이 틀어져 버렸다. 족장은 자신의 곁에 있는 주술사에게 명을 내렸다.

"절대 광폭화의 주술을 사용하라."

"하지만……."

"행하라!"

"알… 겠습니다."

절대 광폭화.

죽을 때까지 미친 듯이 공격한다. 살아남는다 해도 결국 죽음에 이르는 무서운 주술. 그래서 잠시 망설이기는 했지만 명령을 받은 이상 망설일 필요는 없었다. 주술사는 곧바로 토템을 소환하고 하늘을 향해 두 손을 벌려 기이한 주문을 영창하기 시작했다.

그에 하늘에서 검은 먹구름이 주술사를 중심으로 모여들기 시작했으며, 마치 검은 회오리와 같은 모습이 되었을 때 마침내 주술사의 입에서 명료한 외침이 터졌다.

"후움! 타하!"

그 순간 그를 중심으로 모여든 검은 먹구름이 사방으로 뻗어 나가며 몬스터들에게 흡수되었다.

"끼아아악!"

"크와아앙!"

갑자기 몬스터들이 날뛰기 시작했다. 이전보다 서너 배는 더 광폭하고 더 강력하게, 팔이 잘려도 비명을 지르지 않으며 오히려 더 미친 듯이 인간을 향해 달려들었다. 다리가 잘리고 내장이 쏟아져 나와도 멈추지 않았다.

목이 잘린 와중에도 날카로운 손톱과 발을 이용해 끝까지 인간들을 물고 늘어져 죽음을 선사할 정도였다. 이것이 바로 절대 광폭화라는 주술이었다.

콰아아앙!

그때 족장이 있는 곳 가까이에서 폭음이 터져 나왔고, 족장의 시선이 그곳으로 향했을 때 하늘에서 시체의 비가 떨어져 내렸다.

휘잉!

그리고 바람 한줄기가 족장을 스치듯이 지나갔다.

서걱!

"……!"

그제야 족장은 급격하게 시선을 돌려 소리가 들려온 쪽을 바라보았는데 더할 수 없이 눈동자가 커졌다. 절대 광폭화를 시전한 주술사와 그 주술사를 도와 힘을 빌려준 주술사들의 목이 동시에 허공에 떠오른 것이다.

문득 족장은 섬뜩한 느낌이 들었다.

그에 들고 있던 둠해머로 가슴 부위와 목 부위를 막았다.

카앙!

"크윽!"

가슴 부위에서 불꽃이 번쩍였고, 족장은 화끈한 느낌에 답답한 신음을 흘리며 가랑잎 떨어지듯 홀홀 날려 바닥에 제멋대로 나동그라졌다.

"우웨에엑!"

그리고 다시 한 움큼의 핏덩어리를 쏟아냈다. 족장의 몸은 그 순간에도 위험하다는 신호를 보냈다. 족장은 몸을 틀었고, 자신의 머리 위로 떨어져 내리는 빛살을 보았다. 급급히 둠해머를 들어 빛살을 막아냈다.

갑자기 세상이 느릿하게 흐르는 것 같았다. 그리고 족장은 선명하게 볼 수 있었다. 자신의 둠해머를 완벽하게 반으로 가르면서 느릿하게 자신의 머리를 향해 쇄도해 오는 투박한 양손대검을.

어떻게 날도 제대로 서 있지 않은 양손대검이 둠해머를 자를 수 있는지 의문이 들려는 찰나, 족장은 이마를 불로 지지는 듯한 화끈한 통증이 전해져 옴을 느꼈다. 입을 벌려 비명을 지르려 했다.

하지만 그것조차 허용되지 않았다.

스스스슷!

바람이 불어왔고, 족장의 머리에서부터 먼지가 되어 사라져 갔다. 그리고 족장을 먼지로 만들어 버린 아론의 신형은 이미 그곳에 있지 않았다.

그 결과 지휘부의 완벽한 괴멸이었다. 그러자 벌어지는 광경은 실로 대단했다.

감당할 수 없을 정도로 조직적이던 몬스터들이 무언가에서 풀려난 듯 제멋대로 움직이기 시작한 것이다.

그리고 그렇지 않아도 조직적인 몬스터를 상대로 드잡이를 하듯 하고 있던 임페리움 용병단의 오크 용병단이 더욱더 날뛰기 시작했다.

"회색 오크를 위하여!"

"임페리움 용병단을 위하여!"

"용병왕을 위하여!"

검과 방패가 교차하고 그 위에 왕관이 그려진 임페리움 용병단의 깃발이 거칠게 나부끼기 시작했다.

그들은 미친 듯이 몬스터들을 주살해 나가기 시작했다. 그에 힘입어 주시에르 백작과 쟉스 성에 있는 귀족들과 기사, 그리고 병사들이 용기백배하여 몬스터들을 몰아붙이기 시작했다.

"공격하라!"

"돌겨억! 돌격하라!"

"용병왕 만세!"

어디선가 용병왕 만세라는 외침이 흘러나왔다.

지금 이 순간 자신들의 목숨을 살린 자는 바로 용병왕이었다. 그리고 잠시의 휴식을 가진 병사들과 기사, 그리고 귀족들은 볼 수 있었다.

몬스터와 오크들을 후방에서 조종하고 있던 일단의 오크 지휘부가 박살 나는 모습을 말이다.

정연하게 서서 날카로운 예기를 발하는 그들이 단 몇 분 만에 초토화되어 버리자 몬스터 군단은 그저 몬스터에 지나지 않게 되었다.

혜성같이 등장한 용병왕과 임페리움 용병단, 그리고 임페리움 용병단에 소속된 수만의 노란색 완장을 착용한 회색 오크들이었다.

"그는 정말 왕이로군요."

"그렇군. 그는 충분히 왕이라 불릴 만한 자다."

가장 선두에 서서 가장 위험한 일을 한 자, 바로 용병왕 아론이었다.

이 순간 그 모습을 본 모든 이들은 그것을 인정하지 않을 수 없었다.

『용병들의 대지』 10권에 계속…

2016년의 대미를 장식할 최고의 스포츠 소설!!

Career record : 984W 26L
Career titles : 95
Highest ranking : No.1(387weeks)
Grand Slam Singles results : 23W
Paralympic medal record : Singles Gold(2012, 2016)

약 십 년여를 세계 최고로 군림한 천재 테니스 선수.
경기 내내 그의 몸을 지탱하고 있는 것은…… 휠체어였다.

『그랜드슬램』

휠체어 테니스계의 신, 이영석(32).
그는 정상의 자리에서도 끝없는 갈망에 사로잡혀 있었다.

"걷고 싶다, 뛰고 싶다. …날고 싶다!!"

뛸 수 없던 천재 테니스 선수
그에게, 날개가 달렸다!!!

Book Publishing CHUNGEORAM

유행이 아닌 자유추구 -
WWW.chungeoram.com

투신
강태산

박선우 장편소설
FUSION FANTASTIC STORY

무림을 휩쓸던 '야차(夜叉)'가 돌아왔다.

『투신 강태산』

여행사 다니는 따뜻한 하숙생 오빠이자
국가위기 특수대응팀 '청룡'의 수장.
그리고 종합격투기계를 휩쓸어 버린 절대강자.
전 세계를 무대로 펼쳐지는 투신 강태산의 현대 종횡기!!

"나는, 나와 대한민국의 적을, 철저하게 부숴 버릴 것이다."

서러웠던 대한민국은 잊어라!
국민을 사랑하는 대통령과 절대강자 투신이 만들어 나가는
새로운 대한민국이 펼쳐진다!!

FUSION FANTASTIC STORY

서산화 장편소설

Miracle Direction
기적의 연출

천재 영화감독, 스크린 속 세상을 창조하다!

『기적의 연출』

대문호 신명일과 미모로 손꼽히던 여배우 김희수의 아들 신지호.

일가족은 불운한 사고로 인해 크나큰 비극을 겪는다.

이 사고로 섬광 기억(Flashbulb memory)이라는 능력을 얻게 된 그 순간!

그의 모든 게 달라졌다.

"배우의 혼을 이끌어내고, 관중의 영혼을 붙잡아야 합니다.
그게 제 목표입니다."

**완전한 감독을 꿈꾸는 신지호.
이제 그의 영화가, 세상을 홀린다!**

Book Publishing CHUNGEORAM